Luc Roth

DNA
Die überwachte Welt

LUC ROTH

Luc Roth kann sich noch gut an die Übertragung der Mondlandung erinnern, die er als Kind im Fernsehen anschaute. Seitdem begeistert er sich für Geschichten, die von der Zukunft handeln. Am liebsten würde er eines Tages selbst ins All fliegen. Luc Roth wurde in Seattle, USA, geboren und lebt heute mit seiner Familie und ein paar ziemlich ungewöhnlichen Haustieren in London, Großbritannien.

DNA

DIE ÜBERWACHTE WELT

Aus dem Englischen
von Johanna Ellsworth

Ravensburger Buchverlag

Deutsche Erstausgabe
als Ravensburger Taschenbuch
Band 58162,
erschienen 2001

Special thanks to Cherith Baldry

Umschlaggestaltung: Reinhard Raich
in Anlehnung an einen Entwurf von George DiLorenzo
und unter Verwendung eines Fotos von Johannes Volz/Fotodesign

Redaktion: Katharina Ebinger

**Die Schreibweise entspricht den Regeln
der neuen Rechtschreibung.**

Printed in Germany

5 4 3 2 1 05 04 03 02 01

ISBN 3-473-58162-3

www.ravensburger.de

⏭ SIE MÜSSEN ERFAHREN, DASS SIE IN GEFAHR SIND.
ABER WIE KANN ICH IHNEN BLOSS HELFEN?
ES IST SO DUNKEL HIER.
WERDE ICH IMMER IN DIESER DUNKELHEIT
EINGESPERRT SEIN?
ICH MUSS MICH ERST MIT DIESEM ORT VERTRAUT
MACHEN, BEVOR ICH IHNEN HELFEN KANN.
ABER WERDE ICH SIE JE WIEDER SEHEN ODER
MIT IHNEN REDEN KÖNNEN?

TEIL EINS

1

Neem glitt wie ein Taucher durch die samtige Finsternis. Die Sterne sprühten weißes Feuer, als er an ihnen vorbeiflog. Ein seliges Gefühl von Freiheit durchströmte ihn mit der Kraft eines Sternsturms.

Unter sich sah er einen Planeten, der auf seiner Umlaufbahn kreiste. Neem tauchte ab, wurde plötzlich von einer Staubwolke eingehüllt und rang um Atem, als der Boden mit höllischer Geschwindigkeit auf ihn zuzurasen schien. Bis auf die Eiskuppen war die Landschaft, die Gebirge und Täler, rostrot. Neem steuerte sein Flugauto die geraden Furchen längst verlassener Straßen entlang und an den eingestürzten Türmen einer Trümmerstadt vorbei. Er erhöhte die Geschwindigkeit und flog auf zwei dunkle Hügel in der Ferne zu. Tief unter ihm lag ein ausgetrocknetes Flussbett. Mit Asche bedecktes Gehölz wucherte am Flussufer.

Ein Signal drang an Neems Ohr. Es war Zeit zurückzukehren. Enttäuscht berührte er den Kontrollhebel, der ihn aus der SIM-Welt in die richtige Welt zurückholen würde. Über den klaren Nachthimmel zogen Lichtblitze und die soeben erlebten Bilder verflüchtigten sich wie flüssiger Sauerstoff. Neem stieß einen langen Seufzer aus, ließ sich zurück in seine Sitzschale fallen und setzte den SIM-Helm ab. Die Blase vor seinen Augen, in die er die Oberfläche des toten

Planeten projiziert hatte, füllte sich nun mit einem schattenlosen, milchigen Licht.
Sein Lehrer, der ihm gegenübersaß, nahm den Beobachtungshelm ab. »Exxel«, sagte er. »Exxel plus.«
Neem platzte fast vor Stolz. Professor C geizte normalerweise mit Lob. »Exxel« war das Höchste der Gefühle. »Exxel plus« war unvorstellbar.
»Danke«, sagte er.
»Neem Anders.« Der Professor schälte sich vorsichtig aus seinem Sitz. »Bis zum nächsten Unterricht wirst du deine Vorgehensweise analysieren. In den kommenden Zeitbändern fasst du die Analysen deiner SIM-Ausflüge schriftlich zusammen und überträgst alles auf Mikrodiskette. Die Präsentation geht in deine Abschlussnote ein.« Er erlaubte sich die Andeutung eines Lächelns. »Ich glaube, du brauchst dir über das Ergebnis keine Sorgen zu machen. Du hast eine ausgezeichnete DNA, Neem.«
Neem strahlte. »Danke«, wiederholte er.
Er verbeugte sich vor seinem Lehrer und berührte als Abschiedsgeste höflich dessen Handflächen. Beim Verlassen des SIM-Raums drehte er sich noch einmal um und fragte: »Professor – wo ist der Planet, den ich gesehen habe?«
Der Professor zuckte die Schultern. »Wahrscheinlich nirgendwo – außer in deinem Unbewussten.«
Neem verbeugte sich noch einmal vor dem Professor und berührte die Türkontrolle. Ihm schauderte bei der Vorstellung, dass sein Unbewusstes einen so alten und wüsten Ort auf Lager hatte. Dann schüttelte er das unbehagliche Gefühl ab. Der Professor war mit ihm zufrieden. Seine Zukunft war gesichert. Für den Augenblick war das alles, was zählte.

Im Umkleideraum zog Neem seinen SIM-Anzug aus und passte auf, dass er das zarte Netz der Plastroden in den verschiedenen Schichten des Anzugs nicht zerriss, das die Simulation möglich machte. Er hing den Anzug in den Cleaner-Schrank und ging unter die Sonicdusche. Als der Wirbelstrahl seinen ganzen Körper einhüllte, fing er an sich zu entspannen.

Der Anleitung des Geräts folgend hob er die Arme; dabei berührte seine linke Hand winzige vernarbte Hauterhöhungen am Hals. Sein elektronischer Code. Jeder Bewohner von CityFünf und den anderen CodeCitys trug ein solches Zeichen. Neems elektronischer Code war sein Ausweis für das Sicherheitssystem an der Akademie und öffnete ihm die Tür zur elterlichen Wohnung. Der Code verschaffte ihm Zugang zu fast allen Zonen innerhalb der City und zu ScannerCash, das mit dem Einkommen seines Vaters verrechnet wurde. Doch er war mehr als das. Der elektronische Code sagte ihm – und allen anderen –, wer er war: Neem Anders, Topschüler mit Alpha-plus-DNA, der nach seiner Qualifizierung im nächsten Monat sein Studium an der Universität von CentralCity aufnehmen würde. Natürlich würden eine Spitzenposition im System und das Beste, was das Leben zu bieten hatte, seinem Studienabschluss folgen.

Erfrischt durch die Sonicdusche zog er seine eigene Kleidung an – eine enge, graue Hose und eine Tunika – und brachte seine schwarzen Haare mit einem Hydroshaper wieder in Form. Er warf einen Blick auf seinen Armcomp und stellte fest, dass der Tag an der Akademie fast vorbei war. Der Nachmittagsunterricht in der SIM-Zelle verging immer wie im Flug.

Neem hatte noch nie etwas erlebt, das mit der Geschwindigkeit und der Energie in der SIM-Zelle vergleichbar war. Sogar wenn er unter seinem Aeroschirm hoch über der City schwebte und nur wenig unterhalb des Kuppeldachs herumwirbelte, war die Erfahrung nicht dieselbe. Doch jetzt, als Karriere-Alpha im Abschlussjahr der Akademie, wurde Neem der Zugang zu immer mehr Zonen innerhalb des Systems gewährt – so wie schon seinem Karriere-Alpha-Vater. Und Kit Anders hatte heute sogar eine leitende Position im System.

Als Neem das nächste Aeroband betrat und auf dem spiralenförmigen Luftkissen ins Erdgeschoss der Akademie befördert wurde, erklang eine Glocke. Auf allen Stockwerken glitten die Türen automatisch auf und Schüler strömten aus den Räumen.

Neem schaute nach unten und entdeckte ein großes blondes Mädchen in einer weißen Tunika, das sich lachend mit ein paar anderen Schülern unterhielt.

Er holte tief Luft und atmete wieder aus. Seine Schwester Kara.

Nicht, dass Neem seine Zwillingsschwester nicht gemocht hätte. Doch bevor sie in die Akademie eintraten, als ihre DNA noch einmal genau getestet worden war, hatte sich etwas zwischen ihnen geändert. Jeder wusste, dass das Testergebnis über die Zukunft entschied, und das System testete die DNA jedes einzelnen Bürgers um sicherzustellen, dass er eine ihm angemessene Ausbildung erhielt.

Neem war für eine Spitzenkarriere ausgewählt worden und bekam Spezialunterricht. Kara nicht. Auch wenn Kara immer sagte, dass sie nicht auf ihn neidisch sei, waren sie nicht mehr so eng befreundet, wie sie es vor dem Test gewesen waren.

Wenn er jetzt mit Kara zusammen war, fühlte Neem sich immer leicht irritiert. Sie schien so gar kein Interesse an den Themen zu haben, über die er mit Nicht-Karriere-Alphas sprechen durfte. Ihre Reaktion auf seinen letzten Versuch, Alphaphysik zu diskutieren, überzeugte ihn, dass ihre DNA tatsächlich von minderer Qualität sein musste.

Im untersten Stock verließ er das Aeroband und zwängte sich durch die Menge der Schüler, bis er seine Schwester fand, die auf dem Rand der Splashbar in der Halle der Akademie saß. Neben ihr saß ihre beste Freundin Mirani, die gerade etwas in ihrer Schulterbag suchte. Venni, der Kapitän des Smartballteams der Akademie, lümmelte in einer Sitzschale gegenüber herum.

»Seht mal, da ist Neem«, sagte Kara, als er näher kam. In ihrer Stimme schwang ein herausfordernder Unterton mit. »Wie war dein Tag – gut?«

»Exxel, danke.« Neem machte sich nicht die Mühe, ihr von seinem erfolgreichen SIM-Ausflug zu erzählen. Es würde sie sowieso nicht interessieren. Aber er würde es später seinem Vater berichten.

»Wir gehen ins Arcadia«, sagte Kara. »Kommst du mit?«

Neem schüttelte den Kopf. »Lieber nicht.«

»Komm schon, Neem.« Venni lächelte ihn träge an. »Selbst du brauchst nicht ständig zu arbeiten. Fünfzig Zeiteinheiten kannst du ja wohl opfern.«

»Das ist es nicht«, gab Neem bissig zurück, denn das war wirklich nicht der Grund. Er hatte genügend Zeit für sein Projekt. Eigentlich wäre er gern mitgegangen. Doch er fühlte sich mit ihnen immer unbehaglich – vor allem mit Venni. Der war einen Kopf größer als Neem, seine Schultern waren doppelt so breit und außerdem war er der Starspieler des Smartballteams – und dazu auserwählt, in der nächsten Saison für das CentralCity-Team zu spielen. Venni hielt sich für den Größten. Auch wenn sich seine DNA nicht für eine Topkarriere eignete, hatte er jede Menge Bewunderer und das wusste er genau. Warum sollte er sich also Sorgen machen?

Neem spürte, dass er unter Vennis verächtlichem Lächeln rot wurde. Doch bevor er etwas sagen konnte, ging der Alarm seines Armcomps los. Er drückte auf die Taste und ein Virtubild seines Vaters erschien auf dem Monitor.

»Neem, hör zu«, sagte er. »Ich muss euch dringend sprechen. Ist Kara bei dir?«

Kara beugte sich vor, bis sie sich im Erfassungsfeld des Armcomps befand. »Ja, Dad, ich bin hier«, sagte sie.

»Gut«, fuhr ihr Vater fort. »Ich möchte, dass ihr beide sofort nach Hause kommt. Könnt ihr –«

»Aber Dad«, stöhnte Kara. »Ich hab noch was vor. Ich will mir im Arcadia ein Lichttattoo für Miranis Party heute Abend machen lassen.«

»Kara – es ist ganz wichtig, dass ihr jetzt gleich nach Hause kommt.«

Neem runzelte die Stirn. Sein Vater war früher immer so gelassen gewesen; er hatte ruhig und bedächtig gesprochen. Nichts konnte ihn aus der Ruhe bringen. Doch seit Neems und Karas Mutter Lenga gestorben war, reagierte Kit oft empfindlich und gereizt.

Jetzt klang Kit Anders besonders drängend und das Virtubild auf dem Armcomp zeigte die Sorgenfalten in seinem Gesicht. »Kommt einfach nach Hause.«

»Dad, was ist –«, fing Neem an.

»Nach Hause. Sofort!«, sagte Kit Anders mit Nachdruck. »Ohne Verzögerung. Und bring deine Schwester mit. Ich erkläre euch alles, wenn ihr hier seid.«

Das Virtubild erlosch. Neem starrte auf den leeren Monitor. »Was soll das bedeuten?«

»Keine Ahnung und es ist mir auch egal«, sagte Kara. »Du weißt doch, wie komisch sich Dad in letzter Zeit verhält. Immer arbeitet er, ständig hat er schlechte Laune und trinkt dauernd diesen Kräuterextrakt.«

»Er will immer, dass ich das schreckliche Zeug auch trinke«, erwiderte Neem. »Ein Schluck davon hat mir gereicht.«

»Ach, so schlimm ist es nicht«, sagte Kara. »Es –« Sie hielt inne. »Das gibt's ja wohl nicht, dass wir hier herumstehen und Dads Angewohnheiten diskutieren! Ich gehe jetzt ins Arcadia. Ich habe dort einen Termin.«

»Aber Dad hat doch gesagt …« Neem hörte selbst, wie jämmerlich er klang. Venni kicherte verächtlich.

»Dann geh doch heim«, zog Venni ihn auf. »Aber lass den Erwachsenen ihren Spaß.«

»Worauf warten wir noch?«, fragte Kara. Sie sprang vom Rand der Splashbar herunter und hängte sich fest bei Venni ein. Gemeinsam schlenderten sie auf den Ausgang zu.

Neem blieb stehen und sah ihnen nach. Er konnte den besorgten Gesichtsausdruck seines Vaters und den besorgten Unterton in dessen Stimme nicht einfach ignorieren. Ihm war klar, dass sie nach Hause gehen sollten, doch er wusste auch, dass er keine Chance hatte, Kara dazu zu überreden.

»Komm schon, Neem«, sagte Mirani; sie zwinkerte ihm zu und streckte ihm die Hand hin. »Vielleicht gefällt es dir ja sogar.«

»Ach, ich weiß nicht.« Neem war immer noch unbehaglich zu Mute. Dann zuckte er mit den Schultern und sah Mirani errötend an. Was für einen Unterschied machten ein paar Zeiteinheiten schon? Was machte es aus, wenn sie einen kurzen Abstecher in das Arcadia machten? In letzter Zeit regte sich Kit Anders über alles auf. Was immer er ihnen zu sagen hatte, konnte er ihnen auch später noch sagen. Und Mirani brachte ihn immer zum Lachen …

»Also gut, lass uns zappen!«, sagte er, packte sie an der Hand und rannte mit ihr hinter Kara und Venni her.

2

Kara und Venni gingen Arm in Arm durch das Haupttor der Akademie. Draußen säumten Geschäfte und Straßencafés die sanft geschwungene Fußgängerzone. Hier konnte man teuren Schnickschnack kaufen oder die neuesten Variationen des Cappuccaero probieren. Aerobänder glitten in immer höhere Ebenen hinauf. Zu dieser Cityzeit war alles voller Menschen und vor dem öffentlichen NewsBoy hatte sich eine Schlange gebildet. Kara hatte sich nie viel aus NewsBoys gemacht. Sie sah zwar, wie die Maschine mit den neuesten Nachrichten und Angeboten des Systems und einem süchtig machenden Virtuspiel die Bürger magisch anzog, doch sie hatte nie verstanden, worin die Faszination bestand.

Gewöhnlich genoss Kara es, die geschäftige Atmosphäre in sich aufzunehmen, doch heute musste sie zappen, um rechtzeitig zu ihrem Termin im Arcadia zu kommen. Sie ließ Venni los, betrat das Aeroband und genoss den Rausch der Geschwindigkeit und den Wind, der ihr um die Nase wehte.

Sie warf einen flüchtigen Blick auf die anderen neun Ebenen mit ihren Verkaufsständen und Läden auf der anderen Seite der CentralEins. Sie erstreckten sich in schwindelnde Höhen und waren durch Aerobänder, die in einer doppelten Spirale nach oben und nach unten führten und die Doppelhelix der DNA nachbildeten, miteinander verbunden.

Überall zeigten riesengroße Plasmonitore die Außentemperatur, die Luftsauberkeit und die neuesten Nachrichten an. Werbung für den neuesten Film im Hyperama – der größten Leinwand des Planeten – oder für das neue Aerobike-Modell unterbrach alle paar Sekunden die Nachrichtenanzeigen.

Zwischen den Füßen der Bürger huschten Elektromäuse hin und her, beseitigten Dreck und Abfall und hielten die Aerobänder keimfrei.

Während das Aeroband vorwärts raste, blitzten vor Karas Augen zwischen den Wolkenkratzern immer wieder die Mauern der Kuppel weit hinten am Horizont auf. Sie schaute nach oben. Die zahllosen Einzelbausteine des Kuppelgewölbes gaben einen milchigen Schimmer ab. An ihrer Oberfläche blinkten silberne Sterne. Ganz oben unter dem höchsten Punkt der Kuppel schwebten Aeroschirme mit federleichten Titanflügeln hin und her. Kara konnte nicht verstehen, warum Neem mit diesen gefährlichen Dingern umherflog, wo sie doch zu Hause einen Flug-SIM hatten.

Kara sah einen wohl bekannten Spruch – *DNA, der Schlüssel zu deinem Leben* – über den Plasmonitor in ihrer Nähe flackern. Das war der Hauptslogan der CodeCitys – einer von vielen, die ihr Vater zum Kommunikationsnetz des Systems beigesteuert hatte. Kara lächelte ironisch. Vielleicht war die DNA für ihren Bruder der Schlüssel zum Leben, aber ihre eigene DNA schien ihr nicht viel zu nützen.

Dennoch kümmerte sich das System um sie und sie lebte lieber in einer CodeCity als draußen.
Vor vielen Jahren hatten Kriege und Luftverschmutzung alles zerstört – damals hätte keiner überlebt, wenn das System die Kuppeln nicht gebaut hätte. Kara konnte sich die Zerstörung des Planeten, von der man ihnen erzählt hatte, die sie aber nie zu sehen bekommen hatten, kaum ausmalen.
Venni, der sich hinter ihr auf dem Aeroband befand, kommentierte lautstark die letzten Sportergebnisse, die auf einem Plasmonitor angezeigt wurden. Fast wünschte sich Kara, sie könnte ihn abschütteln. Sie hing eigentlich nur mit ihm herum, weil sie wusste, dass Neem sich darüber ärgerte. Neem zu ärgern schien in letzter Zeit das einzige Mittel zu sein, ihren Karriere-Alpha-Bruder auf seine Schwester aufmerksam zu machen.
Ein paar Schritte hinter Venni glitten auch Neem und Mirani auf dem Aeroband durch die Luft. Neem hatte sich also doch entschlossen, mit zum Arcadia zu kommen. Kara grinste verstohlen. Wenn sie Schwierigkeiten bekam, weil sie ihrem Dad nicht gehorcht hatte, würde sie jedenfalls nicht die Einzige sein.
Das Aeroband führte sie am Eingang zur Transitstation des Eiltrens vorbei bis zum Haupttor des CentralParks.
»Ein bisschen supersonic!«, rief Kara den anderen zu. »Ich komme sonst zu spät!«
Sie nahm einen der Wege, die sich durch silbriges Blätterwerk und Duftbüsche wanden. 3-D-Vögel flatterten von Ast zu Ast; ihr Zwitschern erfüllte die Luft, als würden sie miteinander sprechen.

Ein Parktechniker war mit dem unterirdischen Bewässerungssystem beschäftigt und Kara wich ungeduldig seinem Fahrzeug aus, um das Aeroband zu erreichen, das sich von der Mitte des CentralParks aus spiralförmig zum Arcadia auf der nächsten Ebene erstreckte. Immer wenn Kara sich dem Arcadia näherte, wurde sie ganz aufgeregt. Es war der größte Freizeitplex in der City. Jedes Mal, wenn sie dort war, gab es etwas Neues auszuprobieren – und bei der hohen Position, die ihr Vater im System innehatte, war ScannerCash etwas, worum sie sich keine Sorgen machen musste.

Im Nexus, dem Zentrum, von dem aus Straßen in alle Richtungen abgingen, wurde das sanfte Licht von grellen Ladenschildern verdrängt, die rhythmisch an- und ausgingen. Lichtmuster zierten Decken und Wände und 3-D-Werbung hing in der Luft und veränderte sich kaum merklich. Im Hintergrund spielte sanfte Musik, die gelegentlich von Werbung und Sonderangeboten unterbrochen wurde.

»Wohin gehen wir zuerst?«, fragte Venni und rieb sich die Hände, als er neben Kara vom Aeroband stieg. »Ich glaube, wir brauchen einen großen kühlen Drink.«

Kara sah auf ihren Armcomp. »Ich kann nicht«, sagte sie. »Ich werde schon zu meiner Behandlung gerufen.«

»Wir treffen uns, wenn du fertig bist«, schlug Mirani vor. Sie kicherte. »Ich kann's gar nicht erwarten, es zu sehen! Wir werden im *Raum 101* sein oder vielleicht im *Gletscher*.«

»Und mach nicht zu lange«, fügte Neem hinzu. »Dad –«

»Es dauert eine Weile, Neem«, sagte Kara genervt. »Aber das Warten lohnt sich bestimmt.«

Sie wandte sich ab und ging auf das Studio für Lichttattoos zu. Sie hörte, wie Neem ihr hinterherrief: »Hoffentlich findet Dad das auch!«

Achtzig Zeiteinheiten später verließ Kara das Studio durch eine Sensorpassage, in der Autosensoren den Code an ihrem Hals scannten und den Betrag vom väterlichen Konto abbuchten. Sie wandte den Blick von der Tafel ab, die anzeigte, was die Behandlung gekostet hatte. Ihrem Dad schien es eh egal zu sein, wie viel sie ausgab.

Dann lief sie hastig über den Nexus und eine der Geschäftsstraßen entlang, bis sie Neem und ihre Freunde sah, die vor dem *Gletscher* in Sitzschalen saßen. Sie winkte und rannte zu ihnen.

»Na, wie findet ihr's?«

»Kara, das ist ja außerirdisch!«, sagte Mirani.

Kara drehte sich im Kreis und wirbelte ihre weite Tunika herum. Auf dem weißen Synthetikstoff wogten sich wiederholende Lichtmuster. In ihrem Spiegelbild aus einem der Plasmonitoren in der Nähe sah sie ihr Gesicht von leuchtenden Farbstrahlen umrahmt.

Sie lachte vor Freude. »Das ist der neueste Trend«, sagte sie.

»Der neueste Trend?«, wiederholte Neem. »Und was ist mit Dads neuester Kontoentwicklung?«

»Haha, sehr witzig«, erwiderte Kara. »Und was haltet ihr davon?«, fragte sie und zeigte den anderen die Abbildung auf der Innenseite ihres linken Arms – es war eine Tätowierung, die einen fliegenden Engel darstellte. »Das ist der letzte Schrei in CentralCity.«

Neem sah sie mit offenem Mund an. »Wenn Dad das sieht, geht er an die Kuppeldecke!«
Mirani zog eine Grimasse. »Warum hast du das getan, Kara? Nur Sigmas lassen sich ihre Haut tätowieren!«
Venni schwieg. Er stellte langsam sein Glas ab und zog Kara an sich, dann küsste er sie leicht auf das Tattoo.
Hastig entzog sich Kara. »Na, wenigstens einem gefällt es«, sagte sie lachend und wurde rot.
Sie rückte sich schnell eine Sitzschale heran und setzte sich. »Holst du mir bitte einen Icedrink, Neem? Ich sterbe vor Durst!«
Neem rührte sich nicht. »Hast du in letzter Zeit mal einen Blick auf den Armcomp geworfen?«
Kara schaute auf ihren Armcomp, fuhr zusammen und rief erschrocken: »Das kann doch nicht sein!«
»Ich muss auch gehen«, sagte Mirani. »Ich muss noch Sachen für die Party vorbereiten.«
Jetzt begann Kara, sich unbehaglich zu fühlen. Ganz so spät hatte es nicht werden sollen. »Wir sollten lieber zappen«, meinte sie.
Neem ging durch die Passage mit den Autosensoren, um die Getränke zu bezahlen, und dann liefen die Freunde zurück durch den Nexus auf das Aeroband zu.
»Neem, wir müssen uns beeilen«, drängte Kara.
»Na dann los«, sagte Mirani. »Hoffentlich ist euer Vater –«
Sie wurde von einem krachenden Geräusch und wütenden Stimmen unterbrochen.
Ein paar Meter vor ihnen hatten einige Cityschützer eine kleine Gruppe von Leuten umringt und versuchten, sie zu verscheuchen. Jemand hatte einen Stand mit Dufthydra-

toren umgeworfen, und der Verkäufer schrie alle Umstehenden an.
»Das sind bloß Sigmas«, sagte Venni. »Ignoriert sie einfach.«
Er bahnte sich seinen Weg durch die Menge, die stehen geblieben war um zuzuschauen. Es war nicht leicht, mit Venni Schritt zu halten, doch Kara folgte ihm, so schnell sie konnte; dabei hielt sie den Blick auf den Boden gerichtet. Sie sah Sigmas nicht gern in der City. Sie wirkten nie, als gehörten sie dazu, auch wenn sie wie alle anderen elektronische Codes am Hals hatten. Sie trugen bunte Kleidung in grellen Farben statt der neutralen Farbtöne, die die Bürger bevorzugten. Ihre Haut war von den schrecklichen Umweltverhältnissen draußen rau und gerötet. Außerdem barsten sie immer fast vor Energie, fast so, als wären sie betrunken.
Alle wussten, dass Sigmas verdammt waren. Ihre DNA war nach Mitteilungen des Systems so weit unter dem Standard der City, dass sie sich als Bürger nicht eigneten. Kara hatte sich oft gefragt, warum der Cityschutz sie überhaupt hineinließ.
In dem Augenblick, als Kara an der Gruppe vorbeilief, sagte ein Sigma-Mädchen gerade zu einem Cityschützer in schwarzer Uniform: »Aber wir haben doch nichts ge–«
Plötzlich verstummte das Mädchen und ihr Kopf zuckte zurück. Sie schrie auf und fiel hin, Kara direkt vor die Füße. Kara blieb stehen. Einen Zeitblick lang überlegte sie, ob sie über das Mädchen steigen oder außen herumlaufen sollte. Dann blickte sie in die Augen des Mädchens – in gequälte braune Augen.

Als würde Kara sich selbst beobachten, sah sie, wie sie ihre Hand ausstreckte. Das Mädchen schaute ungläubig auf, als könnte sie nicht fassen, dass eine Bürgerin nett zu ihr war. Dann zeigte sie Kara ihr Handgelenk, auf dem ein Engel eintätowiert war. »Hoffentlich bringt dir dein Engel mehr Glück«, murmelte sie und zeigte auf Karas Arm.

Plötzlich wurde Kara bewusst, dass sie mit einem Sigma redete und dass andere Bürger sie dabei beobachteten. Hastig zuckte sie die Schultern und der Augenblick war verflogen.

Der Cityschützer versuchte, sich zwischen sie zu drängen. »Gehen Sie bitte weiter, Bürgerin. Wir haben alles unter Kontrolle.«

Der Ton, mit dem er Kara anredete, war höflich, und sie wäre vielleicht weitergegangen, wenn sie nicht plötzlich bemerkt hätte, dass der Mann einen Neuronenzapper in der Hand hielt. Der leise Summton sagte ihr, dass das Gerät eingeschaltet war. Kara starrte entsetzt auf die Waffe; sie konnte kaum glauben, dass er damit dem Sigma-Mädchen einen Nervenschock verpasst hatte.

»Sie haben ihr wehgetan«, sagte sie, plötzlich wütend. Was immer das Mädchen ausgefressen hatte, diese Behandlung verdiente es nicht.

Wieder packte Kara das Mädchen an der Hand und half ihm auf. Der grobe Stoff der Bluse, die das Mädchen trug, fühlte sich komisch an. Aber er war nicht schmutzig, wie Kara feststellte. Das Mädchen war auch nicht schmutzig. Sie war ein bisschen größer als Kara, sehr schlank und hatte langes, kastanienbraunes Haar. Die Seite ihres Gesichts, die der Zapper offensichtlich erwischt hatte, war

gerötet und sah aus, als würden sich später blaue Flecken bilden.
Jetzt waren noch mehr Cityschützer eingetroffen; sie trugen wattierte Uniformen und jeder einen Kopfschutz. Der Rest der Sigmas wurde rasch außer Gefecht gesetzt und abgeführt. Sie leisteten keinen Widerstand mehr.
Der Mann, der das Mädchen gezappt hatte, streckte eine Hand aus und umschloss mit seinen Fingern sanft ihren Hals. »Geh weiter, Sigma.«
»Lassen Sie sie in Ruhe!«, sagte Kara zornig. »Warum behandeln Sie sie so?«
»Sie haben um Essen gebettelt, Bürgerin«, sagte der Cityschützer. Er lächelte und seine Stimme war glatt wie Öl. »Wie Sie wissen, ist das laut Bürger-Gesetz 467-24 untersagt.«
»Wir haben nicht gebettelt!«, protestierte das Mädchen. Es stand jetzt, ohne von Kara gestützt zu werden, aufrecht vor ihnen und zitterte vor Wut. »Sie haben uns aus heiterem Himmel angegriffen!«
»Jetzt lügt sie auch noch.« Der Mann lächelte grimmig. »Widersetzt sich der Festnahme. Hat eine Bürgerin berührt. Es wäre am besten, wenn du verschwindest, bevor ich dich anzeigen muss.«
Das Mädchen warf Kara einen Blick zu, dann rannte es plötzlich weg zu den anderen Sigmas.
»Ich habe gesehen, was Sie getan haben«, sagte Kara zu dem Mann. »Und Ihre Nummer habe ich auch. Sie werden noch von mir hören. Kit Anders ist mein Vater. Er wird Sie der höchsten Stelle melden.«
»Das ist Ihr Vorrecht, Bürgerin«, sagte der Mann respekt-

voll, doch seine Augen sahen sie kalt und verächtlich an, als er sich abwandte und hinter dem Mädchen herging.
Kara sah die Gruppe verschwinden. Ihr war schlecht, so aufgebracht war sie. Natürlich musste der Cityschutz sicherstellen, dass niemand den Frieden der Stadt störte, schon gar nicht Sigmas. Doch diesmal hatten die Cityschützer die Schwierigkeiten verursacht – und es hatte ihnen sogar Spaß gemacht.
Aber ihr eigenes Verhalten verwirrte Kara noch mehr. Warum war sie am Wohlergehen des fremden Mädchens interessiert? Ein paar ganz merkwürdige Sekunden lang hatte sie das Gefühl gehabt, als sei die andere ihr ganz nah, und das bloß wegen eines albernen Tattoos. Kara seufzte. Sie konnte noch nicht mal sagen, warum sie überhaupt einen Engel ausgesucht hatte.
Und ich hab alles nur noch schlimmer gemacht, dachte sie. Ich habe sie in noch größere Schwierigkeiten gebracht.
Für einen Augenblick sah sie sich so, wie das Mädchen sie gesehen haben musste, und schämte sich ihrer eleganten Erscheinung und der schimmernden Farben ihres lächerlichen Lichttattoos. Was musste sie von ihr denken?
Der Klang grölender Stimmen brachte sie in die Realität zurück. Ein Stück weiter weg im Gewühl riefen Venni und einige Leute aus seinem Smartballteam: »Sigma! Sigma! Sigma!«, während die Draußenseiter weggescheucht wurden. Sie unterstrichen ihr Gegröle durch Händeklatschen und laute Beifallsrufe. Neem und Mirani standen daneben, auch wenn sie nicht mitmachten. Mirani wirkte eingeschüchtert und klammerte sich fest an Neem.

Kara ging hinüber zu Neem und packte ihn am Arm. »Hört auf damit! Das ist kein Spiel – das ist zum Kotzen!«
»Was denn?« Neem starrte sie verwundert an. »Wir machen doch gar nichts. Außerdem sind das bloß Sigmas. Schließlich sind sie keine Bürger. Weißt du überhaupt, was für eine minderwertige DNA manche von ihnen haben?«
»Hör doch, was du da sagst! Du hast das Hirn einer Elektromaus, Neem!«, unterbrach ihn Kara ärgerlich. Seufzend wandte sie sich ab und ging in Richtung des Aerobands davon. Über die Schulter warf sie ihm noch zu: »Ich geh jetzt nach Hause. Mach doch, was du willst, du Karriere-Alpha!«

Das Aeroband brachte Kara schnell vom CentralPark in das Wohngebiet für die Intelligenzia, in dem sie mit ihrer Familie lebte. Sie starrte geradeaus und hörte der Luft zu, die leise durch das Antriebssystem rauschte; sie drehte sich nicht um, um zu sehen, ob Neem ihr gefolgt war.
Als sie die letzte Station erreichte, hatte Neem sie eingeholt. Er lief schweigend neben ihr her; seine Miene war starr und ablehnend. Kara war wütend – wütend auf ihn, weil er nichts verstand, wütend auf die Cityschützer, weil sie die Sigmas so gemein behandelt hatten, doch am meisten war sie wütend auf sich selbst, weil sie so absolut hilflos gewesen war.
Die niedrigen Apartmentgebäude entlang der Straße erhoben sich als dunkle Schatten gegen das Licht, das von milchig weiß zu silbergrau übergegangen war. Bei Einbruch der Dämmerung waren die 3-D-Vögel abgestellt worden und es herrschte Stille.

Als Kara Licht im Arbeitszimmer ihres Vaters sah, fühlte sie sich ganz leer. Ihr war klar, dass es einen großen Streit geben würde. Sie wollte die Sache nur so schnell wie möglich mit Dad klären und dann gleich zu Mirani zappen.

Schweigend stand sie vor dem Sicherheitspaneel und wartete darauf, dass die Tür ihren elektronischen Code erkannte und sich öffnete. Doch nichts geschah, und als Kara die Tafel näher betrachtete, bemerkte sie, dass sie verbeult war. Gleich darauf entdeckte sie auch, dass die Tür einen Spalt offen stand.

»Was um alles ...?«, fragte Neem. Er steckte die Finger in den Spalt und zerrte an der Tür. Zögernd glitt sie auf und er betrat den Flur. Kara zwängte sich hinter ihm durch die Türöffnung und bekam plötzlich Angst. Irgendetwas stimmte nicht – stimmte ganz und gar nicht.

Die Flurleuchten waren herausgerissen und hingen in einem Wirrwarr von nackten Drähten von der Decke. Der Plexispiegel neben der Tür war zerbrochen und die Splitter strahlten und glitzerten in der Reflexion von Karas Lichttattoo. Die 3-D-Pics waren erloschen und hinterließen die Wände nackt und kahl. Durch die offene Tür des Relaxraums sah Kara noch mehr Zerstörung.

»Jemand hat bei uns eingebrochen«, sagte Neem. Er wandte sich mit weit aufgerissenen Augen zu Kara um und sah sie geschockt an. »Sigmas.«

3

Neem machte ein paar Schritte vorwärts und die Spiegelscherben knirschten unter seinen Füßen. Er ging auf die Tür des Relaxraums zu, als er hörte, wie irgendwo in der Wohnung eine Tür aufgeschoben wurde.

Erschrocken blieb er stehen. Kara, die ihm dicht auf den Fersen war, packte ihn am Arm. »Sie sind noch da«, flüsterte sie.

»Es könnte auch Dad sein«, sagte Neem. Vor Angst krampfte sich sein Magen zusammen. »Was ist, wenn er verletzt ist?«

Er hob die Stimme und rief: »Dad? Bist du da?«

Kara packte ihn noch fester. »Sei still, du Idiot! Was ist, wenn das die Sigmas sind?«

»Dann werden sie sich wünschen, dass sie nicht mehr hier wären.«

Kara ließ seinen Arm los, doch Neem blieb regungslos stehen und lauschte angestrengt. Er rechnete mit dem Schlimmsten und gab deshalb Kara ein Zeichen, sich nicht zu rühren. Dann warf er einen Blick in den Relaxraum. Doch da war niemand. Leise trat er ein und sah sich um.

Als er das Zimmer betrat, erkannten die Lichtsensoren seine Gegenwart und die Deckenleuchten schalteten sich ein, obwohl sie wie die im Flur von der Decke herunterhingen. Neem traute seinen eigenen Augen nicht.

Die Wände waren kahl und die Lichtskulptur, die Kara in ihrem VisuTech-Unterricht gemacht hatte, war umgeworfen worden; die Düsen flackerten und sprühten auf den Teppichboden. Stühle waren umgedreht und die Kissen der großen Relaxschale waren aufgeschlitzt worden, sodass ihre Füllung herausquoll. Die Schubladen für den Media-Screen standen offen und die Mikrodisketten lagen auf dem Boden herum. Der Media-Screen lag zerstört auf dem Fußboden; seine schwarze Hülle war zerschnitten und darunter waren kaputte Plasmaröhren zu sehen.

Nun hatte auch Kara das Zimmer betreten. Neem warf ihr einen raschen Blick zu. Ihr Gesicht war grau vor Schreck und Entsetzen. »Warum haben sie das getan?«, fragte sie traurig.

Neem hatte gerade begonnen, sich durch die Verwüstung einen Weg auf die andere Seite des Zimmers zu bahnen, als er Schritte durch die Wohnung hallen hörte.

»Sie sind zurückgekommen«, flüsterte Kara. »Die Sigmas sind zurückgekommen!«

Neems Herz klopfte ihm bis zum Hals. Die Schritte kamen immer näher. Mit geballten Fäusten drehte er sich zur Flurtür um; seine Fingernägel gruben sich schmerzhaft in die Handflächen.

Er hörte, wie eine Tür aufgeschoben wurde. Schritte ertönten im Flur. Dann erschien eine hoch gewachsene Gestalt im Türrahmen.

Neems erste Reaktion war Erleichterung. Der Eindringling war kein Sigma. Er trug eine schwarze Hose und eine Tunika mit dem silberfarbenen Abzeichen des Cityschutzes am Kragen: der DNA-Doppelspirale. Er hatte schütteres, graues Haar und ein kantiges Gesicht mit harten Augen. Sein Mund war grimmig zusammengepresst.

Neems Herz schlug immer noch heftig. Er war froh, dass er es nicht mit Sigmas zu tun bekam, doch irgendwie wirkte das Schweigen des Mannes genauso bedrohlich.

Neem schluckte; seine Kehle war plötzlich trocken. »Sind Sie –«, fing er an.

Im selben Augenblick fing Kara mit zitternder, aber bestimmter Stimme an zu sprechen. »Was haben Sie –«

Der Mann unterbrach sie. »Ska Drax. Cityschutz.« Er deutete auf sein silbernes Abzeichen.

Neem erschrak. Chief Ska Drax war der Leiter des Cityschutzes. Was tat er hier? Ihr Vater hatte zwar eine leitende Funktion im System, doch er war sicherlich nicht so wichtig, dass Ska Drax persönlich vorbeikommen würde, um in einem Einbruchsfall zu ermitteln.

»Chief Ska Drax, Sie haben uns aber erschreckt!«, sagte Kara. »Was ist denn passiert? Wo ist Dad?«

Sie streckte ihm die Hand hin, um seine Handfläche zu berühren, doch er ignorierte ihren Gruß und ihre Fragen. Wieder hallten Schritte durch den Flur – und der Klang einer fremden weiblichen Stimme. »Wir können euch auch nicht viel darüber sagen. Als sie eingebrochen sind, ist der Alarm auf der Wache losgegangen. Wir sind gleich hergekommen. Und haben diese Verwüstung vorgefunden. Die Sigmas sind schon lange weg.«

Neem erkannte die Sprecherin, als sie in den Relaxraum kam. Es war Teos Drax, Chief Ska Drax' Tochter. Sie war so groß wie ihr Vater und hatte langes, schwarzes Haar, das sie in einen so festen Zopf geflochten hatte, dass die Haut am

Haaransatz und um ihre Augen wie aufgespannt wirkte. Tees war an der Akademie I zwei Klassen weiter als Neem und Kara gewesen – eine Spitzensportlerin und Kapitän des Körperverteidigungsteams. Doch sie hatte die Position ihres Vaters dazu missbraucht, die jüngeren Schüler einzuschüchtern. Neem war froh gewesen, als sie die Akademie verlassen hatte, um beim Cityschutz anzufangen.

Jetzt lächelte sie freundlich und berührte erst Neems und dann Karas Handfläche. »Was für eine Verwüstung sie angerichtet haben«, sagte sie. »Vielleicht könnt ihr euch ein bisschen umsehen und uns sagen, ob irgendetwas fehlt.«

»Das Einzige, was zu fehlen scheint, ist Dad«, sagte Kara mit Nachdruck. »Wo ist er?«

»Er muss noch bei der Arbeit sein«, meinte Neem. »Ich rufe ihn an.«

Er fing an, die Nummer in seinen Armcomp zu sprechen, doch Teos schüttelte den Kopf. »Das haben wir schon versucht, direkt nachdem wir benachrichtigt wurden«, erklärte sie. »Dort ist euer Vater nicht. Und der Zeitrekorder zeigt an, dass er sein Büro schon vor hundertzwanzig Zeiteinheiten verlassen hat.«

»Dann probiere ich es auf seinem Armcomp«, schlug Kara vor.

Sie gab die Nummer mündlich ein, doch die einzige Antwort war die Stimme ihres Vaters auf Band mit der Bitte, ihm eine Nachricht zu hinterlassen.

»Dad«, sagte sie. »Komm sofort nach Hause. Wir müssen dich dringend sprechen.« Neem musste daran denken, wie sehr Karas Worte denen ihres Dads glichen, als er sie am Nachmittag angerufen hatte. Er schauderte.

Teos Drax lächelte. »Ich nehme an, er hatte noch etwas vor.«
»Aber was?«, fragte Ska Drax – und ergriff damit zum ersten Mal wieder das Wort, seit er sich vorgestellt hatte.
Kara zuckte die Schultern. Neem überlegte und sagte dann: »Manchmal trainiert er im Fitplex.«
»Ich rufe dort an.« Teos sprach in ihren Armcomp und fügte dann zu Neem und Kara gewandt hinzu: »Lasst mich wissen, wenn euch noch ein Ort einfällt, wo er sein könnte. Und jetzt seht euch doch bitte mal in der Wohnung um, ob irgendwas fehlt.«
»Okay«, sagte Neem.
Kara und er überprüften den Rest der elterlichen Wohnung. Alle anderen Räume waren genauso verwüstet wie der Relaxraum. Am schlimmsten sah das Arbeitszimmer seines Vaters aus; sein Arbeitscomp war umgeworfen, Mikrodisketten und Datenfilme lagen überall verstreut, und Kit Anders' kostbare Sammlung gedruckter Bücher war aus den Regalen gezerrt und in Fetzen gerissen worden.
Neems eigenes Zimmer sah auch nicht viel besser aus. Es schlug ihm auf den Magen, als er entdeckte, dass sein 3-D-Showstück und seine Urkunden fürs Aeroschirmfliegen heruntergerissen und zertrampelt worden waren. Doch soweit er es auf die Schnelle beurteilen konnte, fehlte nichts.
Sie brauchten nicht sehr lang für ihren Rundgang. Dann gingen sie zurück in den Relaxraum, um Chief Ska Drax zu informieren. Teos redete mit leiser Stimme hastig auf ihren Vater ein. Sie hielt inne, als Neem und Kara den Raum betraten.
»Ist irgendetwas gestohlen worden?«, fragte sie.

»Ich glaube nicht«, sagte Kara grimmig. »Aber es ist alles völlig verwüstet. Wer tut uns so etwas an?«
»Na ja, wer die Täter sind, steht ja außer Zweifel«, sagte Teos.
»Sigmas«, fügte Ska Drax hinzu; er klang, als würde ihm das Wort auf der Zunge zergehen.
»In dieser Gegend sind uns in letzter Zeit öfter Sigmas gemeldet worden«, fuhr Teos fort. »Es hat ein oder zwei weitere Vorkommnisse gegeben, aber nichts, was man mit dem hier vergleichen könnte.«
»Aber warum bei uns?«, wollte Neem wissen. »Und was werden Sie unternehmen, um sie zu schnappen?«
»Keine Sorge, wir finden sie«, erwiderte Teos. »Unsere Leute haben alles unter Kontrolle. Ich schlage vor, dass ihr beide hier bleibt und wartet, bis euer Vater wiederkommt. Draußen seid ihr nicht sicher. Es besteht die Möglichkeit, dass die Sigmas euch direkt angreifen.«
»Wirklich?«, fragte Kara geschockt.
Neem runzelte die Stirn.
»Ihr braucht keine Angst zu haben«, sagte Teos betont freundlich. Neem fing langsam an, sich über ihren überheblichen Ton aufzuregen, als wären er und Kara kleine Kinder, die man beruhigen musste. »Wir postieren draußen einen Wachposten zu eurem Schutz«, versprach sie. »Er wird uns anrufen und informieren, falls irgendwelche verdächtigen Personen hier herumstreunen. Und wenn euer Vater nach Hause kommt, sollte er sich so bald wie möglich bei uns melden.«

»Wir werden es ihm ausrichten«, sagte Kara.
»Das ist eine dumme Sache«, sagte Teos. Neem fand, dass

ihr Mitgefühl unecht klang. »Vor allem, da ihr heute Geburtstag habt. Keine besonders schöne Überraschung, nicht wahr?«

»Aber –«, fing Kara an.

Chief Ska Drax betrachtete die Unterredung offenbar als beendet, drehte sich um und verließ kurzerhand das Zimmer. Teos lächelte Neem und Kara zum Abschied zu und folgte ihrem Vater.

Als sie weg waren, wandte sich Kara mit gerunzelter Stirn an Neem. »Unser Geburtstag? Wovon redet die eigentlich?«

4

Neem gab auf Karas verdutzte Frage keine Antwort und Kara rief sich daraufhin selbst zur Ordnung. Es gab wichtigere Dinge, um die sie sich kümmern mussten.

»Wir sollten lieber das Chaos beseitigen«, sagte sie. »Du räumst hier auf und ich mache sauber.«

»Ich kann nicht«, sagte Neem. »Ich hab ein Projekt.«

»Dann muss es halt warten!«, sagte Kara zornig. Seit Neem ein Karriere-Alpha war, versuchte er sich vor jeder Arbeit zu drücken, indem er sagte, er hätte Projekte für die Akademie. »Allein räume ich nicht auf.«

Neem sah sie trotzig an. »Also ich hab keine Zeit«, sagte er und zuckte die Schultern. Dann wandte er sich um und ging in sein Zimmer.

»Neem –«, fing Kara an, doch die einzige Antwort war das leise Surren der Tür, die hinter ihm zuglitt.

Wütend watete Kara durch ein Meer von Lebensmittelschachteln und Glasscherben in den Kontrollraum der Wohnung.

Die Tür des Kältegeräts stand offen und sein Inhalt lag auf dem Boden verstreut: Eierkonzentrat in Streifen und Ölaufstrich in Würfeln vermischt mit VakPacks voller Obst- und Gemüsescheiben. Kara holte ein lauwarmes ZitroBlub heraus, zögerte einen Augenblick lang und nahm

dann ein zweites aus dem Fach, das sie Neem nach oben ins Zimmer brachte.
Ihr Bruder saß vor seinem Arbeitscomp und sprach in das Mikro, während die Laute in Symbole umgesetzt auf dem Monitor erschienen. Er hatte nur seinen Arbeitsplatz aufgeräumt. Das übrige Chaos hatte er gelassen.
Als Kara hereinkam, drückte er auf die Pausentaste und streckte die Hand nach dem ZitroBlub aus. »Danke.«
Wortlos hielt ihm Kara das Getränk hin und wandte sich um. Da fiel ihr etwas ein. »Neem – Ska Drax hat gesagt, dass es Sigmas waren, die bei uns eingebrochen sind.«
»Klar waren es Sigmas.« Neem starrte schon wieder auf seinen Bildschirm. »Was für einen Grund hätten Bürger, etwas zu stehlen?«
»Aber genau das ist es doch! Es fehlt nichts – keine Lebensmittel, keine Klamotten, noch nicht einmal Compzeug. Sigmas würden doch nicht einfach bloß die Wohnung verwüsten, oder?«
Neem schaute irritiert zu ihr hinüber. »Vielleicht haben sie Angst gekriegt?«, schlug er vor. »Vielleicht hatten sie nicht genug Zeit?«
»Sie hatten genug Zeit, all das hier anzurichten.« Kara stocherte mit dem Fuß in einem Kleiderhaufen herum. »Neem, überleg doch mal! Es ist nichts gestohlen worden! Sie haben die Lebensmittel nicht angerührt und haben die Klamotten nur aus den Schränken gezerrt und dagelassen. Wenn es Sigmas waren – was wollten die dann?«
»Wer weiß schon, was Sigmas wollen?«, erwiderte ihr Bruder gleichgültig.
»Und noch was«, fuhr Kara fort. »Es hat in dieser Gegend

in letzter Zeit keine Einbrüche von Sigmas gegeben – nicht seit der Cityschutz seine Wachposten verdoppelt hat. Das wäre viel zu riskant.«

»Mensch, Kara!« Neem seufzte übertrieben und drehte sich zu ihr um. »Das Leben da draußen ist schwer. Das Land ist verseucht, deswegen können die Sigmas keine eigenen Lebensmittel produzieren. Da sie keine Code-Privilegien haben, können sie auch in den CodeCitys keine Lebensmittel kaufen. Sie müssen sich ihr Essen entweder von uns erbetteln oder unser Essen stehlen. Sie gehen das Risiko ein, weil sie, wenn sie es nicht tun, verhungern. Sogar wenn sie erwischt und vorübergehend eingesperrt werden, kriegen sie was zu essen.« Er beendete seinen Vortrag mit einem überheblichen Lächeln, das Kara immer zur Weißglut brachte.

»Aber wir machen ihnen das Leben doch so schwer!«, sagte sie, als ihr das Mädchen im Arcadia wieder einfiel.

Neem sah sie von oben herab an. »Kara, was redest du denn da?« Er drehte sich wieder zu seinem Arbeitscomp um. »Das waren Sigmas, die hier eingebrochen sind. Hör auf, sie dauernd in Schutz zu nehmen.«

»Warum haben sie dann nichts mitgenommen?«, fragte Kara. »Und wo steckt Dad?«

Doch es kam keine Antwort. Neem hatte schon wieder auf die Pausentaste gedrückt und sprach in das Mikro.

Kara gab auf und ging in ihr Zimmer. Beim Anblick ihrer Sachen auf dem Boden und der offen stehenden Schränke stieß sie einen langen Seufzer aus. Die Umhüllung ihres Schlafkokons und die Abdeckung der Kontrollapparatur waren abgerissen worden. Kara würde das Programm neu

einstellen müssen, bevor sie überhaupt ins Bett gehen konnte.
Traurig zog Kara die Sensoren des Lichttattoos ab, die auf ihren Handgelenken und am Hals klebten. Die blinkenden Lichter gingen aus. Miranis Party war für sie gelaufen. Das Lichttattoo war eine Verschwendung von Zeit und ScannerCash gewesen. Sie hing ihre Tunika in den Cleaner-Schrank und zog sich einen grauen Relaxanzug an.
Während sie mit dem Cybersauger den Fußboden sauber machte, wurde sie immer noch von Zweifeln geplagt. Es fiel ihr schwer zu glauben, dass Sigmas in die Wohnung eingebrochen sein sollten, ohne irgendetwas von dem mitzunehmen, was Sigmas doch so dringend brauchten. Und warum hatten sie eine solche Verwüstung angerichtet? Kara sah sich um. Es sah aus, als hätte jemand etwas ganz Bestimmtes gesucht, in großer Eile die Schränke geleert und ihren Inhalt untersucht, unter großem Zeitdruck gearbeitet, um etwas zu finden – aber was?
Kara hielt inne und blieb regungslos stehen. Hatte wirklich jemand etwas gesucht? Und wenn ja, was hatten sie gesucht? Hatten sie es gefunden? Und wenn nicht – würden sie noch einmal zurückkommen?
Plötzlich fror sie.
Sie ließ alles stehen und liegen und ging in das Arbeitszimmer ihres Vaters. Sie stellte seinen Arbeitscomp wieder auf den Schreibtisch zurück. Zu ihrer Erleichterung ließ er sich sofort hochfahren. Dann schickte sie eine Nachricht an den Bezirksleiter und bestellte ein neues Sicherheitspaneel für die Eingangstür. Der Cityschützer, der im Garten Wache schob, würde nicht ewig da sein, und irgend-

wie fühlte Kara sich durch seine Anwesenheit auch nicht viel sicherer.
»Dad, wo bist du?«, fragte sie wortlos. »Was läuft hier eigentlich?«
Sie machte die Augen auf und erblickte die kleine Sternschnuppe in der Ecke des Monitors, die ihr anzeigte, dass eine Nachricht eingegangen war. Automatisch sagte sie »Öffnen« und die Nachricht erschien auf dem Bildschirm.

Kara und Neem,
es tut mir Leid, dass ich aufgehalten worden bin.
Ich schaffe es leider nicht zu eurer Geburtstags-party heute Abend. Feiert ohne mich und macht eure Geschenke auf. Wo sie sind, wisst ihr ja.
Ich wünsche euch eine exxel Zeit.
Dad

Endlich eine Nachricht von ihrem Dad! Aber trotzdem war Kara jetzt noch beunruhigter als vorher. Die Nachricht ergab keinen Sinn – Neems und ihr Geburtstag war erst im nächsten Zeitband. Hatte ihr Dad den Verstand verloren? Oder – wollte er ihnen etwas ganz anderes mitteilen?
Kara starrte auf den Monitor. Plötzlich verstand sie Teos' Anspielung. Sie musste die Nachricht gelesen haben. Kara spürte einen plötzlichen Stich in der Magengegend. Was hatte der Cityschutz vor? Warum las Teos die persönlichen Nachrichten anderer Leute? Jetzt war Kara völlig sicher, dass es sich um mehr als einen einfachen Einbruch handeln musste.

Wieder las Kara die Nachricht durch. Trotz ihrer Angespanntheit musste sie grinsen. Als Neem und sie noch klein waren, hatten sie sich einen Spaß daraus gemacht, ihre Geschenke schon vor dem Geburtstag aufzuspüren. Kit und Lenga hatten sich immer bessere Verstecke ausdenken müssen, bis ihr Vater ein besonderes Geheimfach hinter dem Schrank gebaut hatte, in dem er seine Datenfilme aufbewahrte. Das hatten Neem und Kara nie gefunden, aber er hatte es ihnen eines Tages gezeigt.

Als Kara sich daran erinnerte, war ihr nicht mehr nach grinsen zu Mute. Das war vor dem Tod ihrer Mutter Lenga gewesen, bevor sich ihr Vater so verändert hatte und anfing, seine ganze Zeit der Arbeit zu widmen. Kara zeigte niemandem, wie sehr sie ihre Mutter vermisste. Lenga Anders war so fröhlich gewesen; sie hatte so gern gelacht. Trotz ihrer anspruchsvollen Stelle beim System hatte sie immer Zeit für Neem und Kara gehabt.

Doch Lenga lebte schon lange nicht mehr und Kit hatte keine Zeit für sie.

Kara atmete tief durch und richtete sich auf. Sie überlegte, ob sie Neem rufen sollte, doch ihr war klar, dass er jetzt in sein Projekt vertieft war. Also löschte sie die Nachricht und fuhr den Arbeitscomp herunter.

Es gab etwas, was sie tun musste.

Akten waren aus dem Schrank gerissen worden, Mikrodisketten und Datenfilme lagen auf dem Boden verstreut. Doch das Schrankgehäuse war unversehrt. Die Eindringlinge hatten das Geheimfach nicht entdeckt. Das Rückenpaneel bestand aus einem Hologramm, und wenn man an einer bestimmten Stelle auf den oberen Schubladenrand drückte, kam hinter dem Paneel ein Extrafach zum Vorschein, in dem Platz für ein paar kleine Gegenstände war.

Kara kniete sich hin und fummelte ein paar Sekunden lang an der Schublade herum, bevor ihr wieder einfiel, wie es funktionierte. Sie drückte auf den Schubladenrand. Das Hologramm löste sich in einen Funkenregen auf, und ein Mikrorekorder spielte das Lied „Happy Birthday To You" – ursprünglich als Belohnung für die Kinder gedacht, wenn sie schlau genug waren, das Geheimfach zu finden.

Zuerst dachte Kara, das Fach sei leer. Dann, als sie ihre Hand hineinsteckte und herumtastete, spürte sie etwas Kleines, Flaches. Sie holte es heraus – es war eine Mikrodiskette.

»Meint er das?«, fragte Kara leise.

Die Diskette lag auf ihrer Handfläche; ihre glänzende Oberfläche reflektierte das Licht in Regenbogenspiralen. Sie war nicht beschriftet.

Kara ging zurück an den Arbeitscomp, doch bevor sie ihn wieder hochfahren konnte, hörte sie laute Rufe, die aus dem Garten kamen.

Sie erstarrte. Die Bürger wurden selten laut. Sie hatten auch keinen Grund dazu. Die Rufe hielten an – es waren mehrere Stimmen; es klang wie eine Auseinandersetzung oder sogar wie ein offener Streit. Irgendwo in der Wohnung wurde ein Fenster eingeschlagen. Kara hörte, dass Neem aus seinem Zimmer rannte. Er sagte etwas, doch seine Worte wurden von dem lauten Aufheulen der Alarmanlage übertönt.

Kara sprang auf. Noch bevor sie sich von der Stelle rühren konnte, flackerten grüne Buchstaben über den Bildschirm des Arbeitscomps, als hätte die Schrift ein Eigenleben. Sie formten die Botschaft:

⏭ FINDET LYNCHPIN.
ER WIRD EUCH HELFEN.
ANGEL.

Verständnislos und voller Angst sah Kara auf den Monitor. Sie streckte die Hand nach der Botschaft aus, doch die Worte verschwanden so schnell, wie sie aufgetaucht waren. Kara starrte wie gelähmt auf den Bildschirm. Bevor sie im Geheimfach nachgeschaut hatte, hatte sie den Arbeitscomp heruntergefahren. Sie hatte ihn seitdem nicht wieder eingeschaltet. Wie hatte er also eine Nachricht empfangen können – und wer war Angel?

5

Neem blickte irritiert auf, als er die Rufe im Garten hörte. Das Klirren einer Glasscheibe ließ ihn aufspringen.
Er rannte aus seinem Zimmer in den Flur. »Was –«, fing er an und hielt inne.
Eine fremde Gestalt in groben Sigma-Kleidern war durch den Notausgang eingedrungen und stand Neem gegenüber. Der Eindringling hatte sich die Hände eingewickelt, um sich nicht an den Glasscherben zu verletzen. Hinter dem Sigma stand noch jemand an der Tür zum NotAeroband, das von der Wohnung wegführte. Neem starrte ihn an und bemerkte, dass er die braune Uniform der Cityorganisation trug. Was hatte ein Bürger mit Sigmas zu tun? Ein weiterer Eindringling – eine Frau – betrat gerade die Wohnung. Als sie Neem sah, kniff sie die Augen zusammen.
»Ich weiß nicht, was Sie suchen«, sagte Neem und zwang sich, ruhig und langsam zu reden, »aber hier ist es nicht. Und der Cityschutz ist schon auf dem Weg hierher. Ich rate Ihnen, so schnell wie möglich zu verschwinden.«
Sie ignorierten ihn. Der Anführer der Gruppe packte ihn gelassen an den Schultern und schob ihn in Richtung der kaputten Tür. Neem versuchte sich zu wehren, doch der andere hatte ihm den Arm rasch auf den Rücken gedreht. Neem stöhnte vor Schmerz auf.

Dann hörte er, dass Kara seinen Namen rief. Sie stand im Türrahmen des Arbeitszimmers.
»Kara – renn weg!«, keuchte er.
Kara drehte sich um, doch es war zu spät. Neem musste hilflos zusehen, wie die Frau Kara am Arm packte und in Richtung Tür zerrte. Kara schrie und trat mit dem Fuß nach der Fremden.
Die Frau zuckte zurück. »Hör auf damit, du dumme Kuh«, zischte sie. »Wir sind Freunde.«
Tolle Freunde!, dachte Neem, der sich immer noch gegen den Sigma wehrte, der ihn zum Aeroband zerrte.
Das Alarmsystem heulte immer noch. In der Entfernung hörte Neem die Sirene eines Patrouillenfahrzeugs, die immer lauter wurde.
Neem spürte, wie sein Angreifer nervös wurde. Die Frau sagte: »Beeil dich, Kara! Los!«
»Woher kennen Sie meinen Namen?«, fragte Kara, die immer noch vergeblich versuchte, sich von der Frau loszureißen. »Was ist los? Was wollen Sie?«
»Später«, schnappte die Frau; ihre hellen Augen blitzten wütend. »Mach schon!«
Der Uniformierte, der vor der Tür Wache gestanden hatte, packte Neem am anderen Arm. Neem wurde hastig auf das Aeroband gezerrt. Niemand berührte die Sensoren, um es in Bewegung zu setzen. Neem stolperte und schwankte zwischen seinen beiden Angreifern, bis sie die Wohnzone verlassen hatten. Dort warfen die Sigmas ihn hinter einer Hecke von Duftbüschen mit dem Gesicht nach unten auf den Boden. Ein glitzerndes Messer wurde ihm dicht vor die Augen gehalten.

Das war die Frau. »Kein Wort, Neem«, sagte sie leise. »Okay?«
Wegen ihres rauen Sigma-Akzents konnte Neem sie kaum verstehen. Doch das Messer sagte alles. Er schluckte schwer und nickte.
Hinter ihm setzte sich Kara immer noch zur Wehr. Der dritte Sigma hielt sie mit der einen Hand fest und verschloss ihr mit der anderen Hand den Mund.
Jetzt war die Sirene des Patrouillenfahrzeugs so laut, dass sie den Alarm in der Wohnung übertönte. Neem warf einen verstohlenen Blick durch die Hecke und sah, wie der Wagen die Auffahrt entlangraste und vor ihrer Wohnung hielt. Das Blaulicht warf sein flackerndes Licht über die Büsche, hinter denen sie sich versteckten.
Ein Mann sprang aus dem Wagen. Neem sah, dass es Chief Ska Drax war. Teos tauchte direkt hinter ihm auf. Sie rannten schnell in die Wohnung. Weitere Cityschützer folgten ihnen.
Sobald sie im Haus verschwunden waren, wurden Neem und Kara hochgezerrt und den Gehweg entlanggestoßen. Neem trat um sich und versuchte sich loszureißen, während ihn die Sigmas festhielten und mühelos weiterschubsten.
»Warum tun Sie das?«, fragte er mit leiser, wütender Stimme. »Hat es Ihnen nicht gereicht, unsere Wohnung zu verwüsten?«
Die Frau blieb kurz stehen und stieß ein trockenes Lachen aus. Dann ging sie weiter und schubste Kara vorwärts.
Mittlerweile hatten sich Neems Augen an die Dunkelheit gewöhnt. Er konnte die Umrisse eines Wagens erkennen, der aussah wie die Fahrzeuge der Cityorganisation. Der

Wagen hatte eine große Fahrerkabine, breite Reifen und eine lange, niedrige Ladefläche für Geräte. Er parkte ohne Licht am Rand ihrer Wohnzone.

Neem war klar, dass Kara und er zu dem Fahrzeug gebracht wurden. Die Verschlussklappen der Ladefläche standen offen. Neems Bewacher stieß ihn auf die Ladefläche und die Frau schubste Kara hinterher. Der Mann in Uniform rannte zur Fahrerkabine.

»Was geht hier ab?«, wollte Neem wissen. »Wohin bringen Sie uns?«

Statt einer Antwort wurde er gezwungen, sich mit dem Rücken zur Ladewand hinzusetzen.

Die Frau forderte ihn mit einer Geste zum Schweigen auf. »Wir werden euch bald alles erklären«, sagte sie leise. Ihr Blick verbot ihm weiterzubohren.

Jetzt waren alle Sigmas im Wagen, doch das Fahrzeug fuhr nicht los. Neems Wärter duckte sich tief hinter die Verschlussklappen und spähte in die dunkle Nacht. Neem fragte sich, worauf sie noch warteten.

Dann hörte er jemanden rennen. Eine schmächtige Gestalt tauchte in der Dunkelheit auf, sprang auf den Wagen und machte die Klappen zu.

Einer der Sigmas klopfte an die Wand hinter der Fahrerkabine, und gleich darauf ertönte das leise Surren des Motors und Neem spürte ein schwaches Vibrieren der Bodenfläche, auf der er saß.

Mit einem Ruck fuhr das Fahrzeug los. Auch wenn Neem wegen der Abdeckung nicht hinaussehen konnte, spürte er die Kraft des Motors, der auf Höchstgeschwindigkeit gebracht wurde.

Einer schaltete eine tragbare Lampe an und stellte sie in die Mitte der Ladefläche.
Der Spätankömmling drehte sich zu den anderen um. Es war ein Mädchen in Karas Alter mit langem, kastanienbraunem Haar und einem blauen Flecken auf der Wange. Sie strich sich das Haar aus der Stirn und dabei erblickte Neem eine kleine Tätowierung auf der Innenseite ihres Arms.
Kara war sichtlich überrascht. Dann erkannte auch er das Mädchen. Es war das Sigma-Mädchen, dem Kara am Nachmittag im Arcadia hatte helfen wollen.
Das Mädchen grinste sie an und streckte ihnen die Hand hin. »Hallo«, sagte es. »Ich heiße Varta.«

6

Kara hatte das Gefühl zu träumen.
Instinktiv warf sie einen Blick auf ihr eigenes Tattoo, bevor sie den Arm ausstreckte, um Vartas Handfläche zu berühren. Stattdessen packte das Sigma-Mädchen ihre Hand und schüttelte sie. Die Geste fühlte sich warm und freundlich an.
»Ich heiße Kara Anders«, sagte sie. »Und das ist mein Bruder Neem.«
Neem strich sein verstrubbeltes Haar zurück und funkelte die Sigmas böse an.
»Warum macht ihr das?«, fragte er. »Ich verstehe es einfach nicht.«
»Das wirst du noch«, lachte die Frau, die Kara hierher verschleppt hatte. »Varta kennt ihr schon«, fuhr sie fort. »Ich heiße Roz.« Sie zeigte auf den korpulenten Mann. »Das ist Corlin. Ich weiß, dass es schwer zu verstehen ist, aber wir sind wirklich eure Freunde. Die Cityschützer hätten euch festgenommen, wenn wir euch nicht rechtzeitig rausgeholt hätten.«
»Warum?«, fragte Neem. »Wir haben nichts getan.«
Roz seufzte und fuhr sich mit der Hand durch ihr kurzes, blondes Haar. »Darum geht es nicht. Es reicht, wer ihr seid.«

Irgendetwas an ihrem Ton und ihrem ernsten Gesichtsausdruck ließ Kara schaudern. »Was meinen Sie damit?«

»Euer Vater –«, fing Roz an.

»Was wissen Sie über ihn?«, unterbrach Kara sie aufgeregt. »Wissen Sie, wo er ist?«

Roz schüttelte den Kopf. »Im Augenblick nicht. Aber euer Vater hat mit uns zusammengearbeitet. Mit den Draußenseitern.«

Kara schüttelte ungläubig den Kopf, während Neem sich ohne Vorwarnung aufrichtete und sich auf Roz stürzen wollte. Die zuckte kaum mit den Wimpern. Bevor Neem sie berühren konnte, hatte Corlin ihn gepackt und zurückgezerrt.

»Jetzt weiß ich, dass Sie lügen!«, rief Neem und wand sich unter Corlins festem Griff. »Mein Vater arbeitet an Geheimsachen für das System!«

Müde sah Roz ihn an. »Neem, ich weiß, wie dir zu Mute ist. Aber wenn du nicht zuhörst, kann ich es dir nicht erklären. Wir haben einfach keine Zeit für diesen Blödsinn.«

»Was?« Neem sah sie wütend an. »Ich –«

»Neem«, drängte Kara ihn, »lass sie es doch erklären. Dann können wir uns immer noch entscheiden, ob wir ihr glauben sollen oder nicht.«

Neem antwortete mit einem verächtlichen Schnauben. Er wirkte immer noch wütend, doch er hörte auf, sich zu wehren.

»Kit hat für uns gearbeitet«, wiederholte Roz. »Er hatte Entdeckungen gemacht, die die sehr zweifelhafte Vorgehensweise des Systems beweisen. Er hatte vor, alles an die Öffentlichkeit zu bringen, deswegen –«

»Was für Entdeckungen?«, fragte Kara.
»Das wissen wir nicht.« Diesmal war es Varta, die antwortete. »Er ist verschwunden, bevor er es uns sagen konnte.«
»Verschwunden?« Panik stieg in Kara hoch. »Haben sie ihn verhaftet?«
»Das ist möglich«, sagte Roz. »Leute, die für das System eine Gefahr sind, verschwinden einfach. Auf der anderen Seite könnte Kit auch geflüchtet sein. Wenn Teos und Chief Ska Drax hinter euch her sind, weil sie ihn finden wollen, könnte das der Fall sein. Ich hoffe bloß, dass wir bald etwas von ihm hören.«
»Ich habe ihn zwar noch nicht kennen gelernt«, sagte Varta und lächelte sie beruhigend an, »aber ich weiß, dass er uns mehr geholfen hat, als ihr euch vorstellen könnt. Er würde sicher nicht einfach darauf warten, bis das System ihn abholt.«
Kara brummte der Schädel von all dem, was geschehen war, doch eines war klar: Wenn ihr Dad gewusst hatte, dass er kurz vor einer Verhaftung stand, hätte er als Erstes versucht, sie und Neem in Sicherheit zu bringen. Und genau das hatte er getan. Er hatte Neem auf seinem Armcomp angerufen und ihnen beiden befohlen, sofort nach Hause zu kommen.
Und wir haben ihn ignoriert, dachte Kara. Wir sind ins Arcadia gegangen und haben ihn einfach ignoriert.
Sobald ihr Dad den Anruf gemacht hatte, war er bestimmt nach Hause geeilt um dort auf sie zu warten. Doch Neem und Kara waren nicht gekommen. Daher hatte er ihnen eine Nachricht hinterlassen, die keiner außer den Zwillingen verstehen konnte. Er musste gewusst haben, dass

jemand hinter ihm her war und dass er nicht mehr viel Zeit hatte.
Kara fiel die Mikrodiskette ein, die sie in die Tasche gesteckt hatte. Sie spürte die Diskette, doch sie würde sie niemandem zeigen. Nicht, bevor sie wusste, wem sie trauen konnte.
Roz riss sie aus ihren Gedanken. »Er wusste, dass du und Neem in Gefahr wart, verhaftet zu werden«, fuhr sie fort. »Das System lässt euch nicht frei herumlaufen, weil euer Vater euch vielleicht das erzählt hat, was er wusste. Er hat uns Bescheid gesagt und wir sind so schnell wie möglich gekommen, um euch rauszuholen.«
»Gerade noch rechtzeitig«, meinte Varta.
»Der Cityschutz hat uns schnell entdeckt«, erzählte Roz. »Ich glaube, er war schon auf dem Weg, um euch zu holen.«
Kara lief ein Schauer über den Rücken. »An der Tür stand ein Wachposten«, sagte sie. »Teos Drax hat gesagt, er sei da, um uns zu beschützen.«
»Ich glaube, wenn ihr versucht hättet wegzugehen, hättet ihr schnell gemerkt, was wirklich seine Aufgabe war«, sagte Roz.
»Auf alle Fälle war er kein Problem.« Corlin rieb sich zufrieden die Hände. »Der arme Kerl ist doch glatt im Dienst eingeschlafen. Der wird große Schwierigkeiten kriegen.«
Roz warf ihm einen scharfen Blick zu. »Wird er je wieder aufwachen?«
»Na klar.« Corlin grinste. »Mit Kopfschmerzen.«

Kara schauderte. Die Sigmas waren gewalttätige Leute. Und dennoch hatte sie weniger Angst vor ihnen als sie vor dem schweigenden, bedrohlichen Chief Ska Drax und seinen Leuten gehabt hatte. Was für ein Cityschutz würde es für notwendig halten, Bürger vor Mädchen wie Varta zu schützen? Die Geschichte, die die Sigmas erzählten, klang auf jeden Fall glaubwürdiger als Teos' Story.

»Und wer hat unsere Wohnung verwüstet?«, fragte sie.

»Was?« Roz wirkte überrascht. »Wahrscheinlich die Cityschützer«, sagte sie nach ein paar Zeitblicken. »Sie haben wahrscheinlich das belastende Material gesucht, das dein Vater zusammengetragen hat.«

Kara legte den Kopf in die Hände. Sie war versucht, Roz zu glauben. Darum war Chief Ska Drax persönlich in die Wohnung gekommen und deshalb hatte Teos eine persönliche Nachricht im Arbeitscomp gelesen.

Das erklärte einiges.

Vielleicht hatte ihr Dad sich nicht getraut, die Mikrodiskette mitzunehmen, für den Fall, dass er verhaftet würde? Wenn er sie wirklich im Geheimfach versteckt, die Nachricht im Comp hinterlassen und die Sigmas angerufen hatte? Und was war danach passiert? Entweder hatte ihn der Cityschutz verhaftet oder er war auf der Flucht. Und dann konnte er überall sein.

»Wenn er frei ist – wohin wird er dann gehen?«, fragte Kara.

Bevor Roz antworten konnte, fuhr Neem dazwischen. »Du glaubst doch nicht etwa diesen Quatsch? Du glaubst doch nicht wirklich, was die uns erzählen?«

»Ich weiß nicht«, sagte Kara. Sie war noch nie so durcheinander gewesen.

Neem sah sie verächtlich an. »Sigmas kann man nicht

trauen – das weiß doch jeder. Die Luft da draußen zerstört ihr Hirn.«

Von Corlin kam ein prustendes Geräusch, als wollte der beleibte Mann ein Lachen unterdrücken.

Neem warf ihm einen Blick zu und wurde rot. »Sigmas behaupten alles Mögliche«, beharrte er. »Das ist doch bekannt! Weißt du das nicht mehr, Kara? Vater hat uns immer gewarnt, wir sollten nicht alles glauben, was die Leute sagen.«

»Ein guter Rat«, bemerkte Roz in scharfem Ton. »Aber wenn du hinterfragst, was wir sagen, warum hinterfragst du dann nicht auch gleich das System?«

»Das hat er damit nicht gemeint!«, protestierte Neem.

Roz zuckte die Schultern, als hätte sie es satt, sich weiter mit ihm zu streiten.

»Was werdet ihr jetzt mit uns machen?«, fragte Kara leise.

»Wir bringen euch in Sicherheit. Kit wird sich mit uns in Verbindung setzen, sobald er eine Möglichkeit dazu findet«, sagte Roz. »Aber wenigstens werden euch die City-schützer nicht zu fassen kriegen.«

Kara fühlte sich ganz und gar nicht sicher. Sie hatte Angst und war plötzlich sehr müde.

»Ich weiß, es ist schwer«, sagte Varta. »Aber es wird euch nichts passieren.«

Sie sah Kara voller Mitgefühl an und Kara zwang sich zu lächeln. Sie wollte Varta glauben. Doch noch konnte sie niemandem trauen.

Roz fing wieder an zu reden. »Wenn wir nichts von Kit hören –«

Sie brach ab. Im selben Augenblick spürte Kara, dass sich

die Vibrationen des Wagens veränderten. Er fuhr jetzt langsamer.

»Wo sind wir?«, fragte sie.

»Wir müssen uns der Ausfahrt nähern«, sagte Roz. »In ein paar Minuten werden wir CityFünf verlassen.«

Neem richtete sich kerzengerade auf. Mit Panik in der Stimme sagte er: »Wir können die CodeCity nicht verlassen. Wenn wir sie verlassen, müssen wir sterben!«

7

Neem fühlte sich, als hätte ihm jemand einen Faustschlag in den Bauch verpasst. Er wollte die Stadt nicht verlassen. Er konnte es nicht. Dad würde doch sicher bald zurückkommen. Dann könnten sie Ordnung in dieses ganze Chaos bringen.

»Wir können nicht raus«, wiederholte er. »Draußen ist alles verdreckt und verseucht. Draußen kann man nicht überleben.«

Roz klopfte sich an die Brust. »Sieh uns an. Draußenseiter. Wir leben da draußen.«

»Sigmas sind Untermenschen«, murmelte Neem. »Ich weiß, warum ihr nicht in einer CodeCity leben dürft. Ich weiß alles über euch!«

Seine Schwester sah ihn mit gerunzelter Stirn an. »Wovon redest du?«, flüsterte sie ihm zu.

»Wir erklären es euch später«, sagte Roz und ignorierte die Beleidigung. »Es klingt, als hätten sie deinem Bruder sogar noch mehr Lügen verkauft als dir. Vertraut mir. Wer weiß – vielleicht findet ihr heraus, dass es draußen nicht ganz so ist, wie man euch erzählt hat.«

»Ich komme nicht mit«, sagte Neem.

Roz starrte ihn kalt an.

»Du hast leider keine andere Wahl«, sagte sie drohend.

»Entweder kommst du mit uns oder du wirst vom Cityschutz festgenommen.«

»Ich ziehe den Cityschutz vor«, sagte Neem. »Ich habe nichts verbrochen.«

Roz lachte kurz auf. Neem verkniff sich eine weitere scharfe Bemerkung. Fast noch schlimmer als die Tatsache, dass die Sigmas sie gekidnappt hatten, war, dass sie ihn wie ein dummes Kind behandelten.

»Aber werden sie uns einfach so gehen lassen? Werden unsere elektronischen Codes uns nicht verraten?«, fragte Kara.

»Wir haben dieses Dienstfahrzeug gestohlen«, erklärte Roz. »Karl, der Fahrer, trägt die Uniform der Cityorganisation. Er wird dem Wachposten an der Ausfahrt sagen, dass er außerhalb der Kuppel Reparaturen zu erledigen hat. Vielleicht kommen wir raus, ohne dass der Wachposten die erweiterte Sicherheitskontrolle macht.«

»Wird der Wachposten das Fahrzeug untersuchen?«, fragte Kara.

»Das ist schon möglich«, antwortete Roz. »Vielleicht hat der Cityschutz sämtliche Wachposten an den Ausfahrten aufgefordert, nach euch zu suchen und euch festzuhalten. Aber ich wette, bisher hatten sie nicht genug Zeit dazu.«

»Und wenn doch?«, fragte Kara.

»Dann wird es spannend«, sagte Corlin und grinste. »Aber der Wachmann wird sich nicht die Mühe machen, die Ladefläche zu kontrollieren. Nicht, solange wir still sind.« Neem rückte ab, als Corlin zu ihm herüberrutschte. »Wir dürfen keinen Muckser machen!«

Das Fahrzeug fuhr jetzt noch langsamer, bis es sich kaum

mehr bewegte und dann laut ächzend stehen blieb. Der Motor verstummte und Neem hörte draußen dumpfe Schritte.

Er spannte die Muskeln an. Das hier war seine letzte Chance. Sie befanden sich immer noch innerhalb der Stadt, dem einzigen Leben, das er kannte. Da draußen war ein Wachposten, der ihm zuhören und helfen würde. Wenn er jetzt nichts tat, würde er seine Heimat vielleicht nie wiedersehen.

Er machte den Mund auf um zu schreien und setzte zum Sprung über die Ladeklappen an, doch ehe er sich rühren konnte, hatte Corlin ihn fest auf den Boden gedrückt und presste ihm die Hand auf den Mund.

Neem wehrte sich verzweifelt. Er riss die Augen auf, als er sah, wie Roz ihr Messer herauszog und ihm die Spitze der Klinge an den Hals hielt.

»Eine Bewegung – und ich benutze es«, sagte sie. »Das weißt du genau.«

Ihre Augen waren kalt. Neem glaubte ihr.

»Neem.« Karas Stimme klang leise und drängend. »Ich will nicht, dass der Cityschutz uns jetzt findet. Sie werden uns festnehmen und dann sehen wir Dad bestimmt nie wieder.«

Neem wollte vor Wut und Frust laut schreien, doch da Corlins raue Handfläche fest auf seinen Mund gepresst war und Roz' Messer blitzte, musste er still bleiben. Kara würde bald genug herausfinden, was Sache war, doch dann würden sie beide Gefangene der Sigmas sein. Vielleicht war sein Dad das auch schon längst …

Die Geräusche von draußen wurden deutlicher; hallende

Schritte näherten sich dem Fahrzeug. Varta knipste die Lampe aus und es wurde dunkel wie die Nacht.
Neem hörte eine dumpfe Stimme, die er noch nicht kannte.
»Reparaturarbeiten. Einer der Katalysatoren an der Außenwand der Kuppel ist blockiert.«
Eine zweite Stimme: »Ihre Ausreisegenehmigung, bitte.«
Ein paar Sekunden herrschte Schweigen. Dann hämmerte jemand von außen gegen die Ladewand.
Die zweite Stimme fragte: »Was haben Sie da drin?«
Die erste Stimme antwortete: »Werkzeug. Einen neuen Katalysator. Material zum Versiegeln.«
Wieder Stille. Das einzige Geräusch, das Neem hören konnte, war sein eigenes Atmen und das der anderen um ihn herum. Auch wenn er sich nicht rühren konnte, lauschte er verzweifelt, was draußen vorging. Er spürte, wie ihm der Schweiß über die Kopfhaut den Nacken hinunterrann.
Er wartete darauf, dass die Ladeklappen aufgerissen würden, doch das Nächste, was er hörte, war der Motor, der wieder ansprang. Der Wagen fuhr mit einem Ruck an.
»Ich hab gedacht –«, fing Kara an.
»Psst!«, sagte Varta leise. »Wir sind noch nicht durch.«
Erneut hielt der Wagen an, doch diesmal mit laufendem Motor. Von draußen waren keine Geräusche mehr zu hören. Dann fuhr er langsam wieder an und wurde allmählich schneller.
Neem hörte in der Dunkelheit mehr als einen Seufzer der Erleichterung.
Plötzlich ruckte der Wagen wieder und holperte, als würden sie auf einer unebenen Straße fahren. Neem, den Cor-

lin immer noch festhielt, wurde unsanft gegen die seitliche Ladewand geschleudert. Ihm tat alles weh und er fragte sich, warum das Fahrzeug von der Hauptstraße auf diesen Feldweg abgebogen war.

Dann sagte Varta: »Wir haben es geschafft!«

Die anderen lachten und johlten erleichtert. Neem spürte, dass Corlins Griff lockerer wurde, und richtete sich auf. Er rieb sich den Arm.

»Ich kann nicht glauben, dass uns das hier wirklich passiert!«, sagte er mit zusammengebissenen Zähnen.

»Neem«, sagte Kara, »es wird alles okay, wenn –«

Sie stutzte, als von oben Licht in den Laderaum einfiel. Neem blickte auf und sah, dass die Abdeckung in der Mitte geöffnet war. Der Lichtstreifen wurde breiter, als das Dach zurückglitt. Statt der schimmernden Kuppel, die Neem sein Leben lang gekannt hatte und die ihm so vertraut war, dass er kaum je nach oben geschaut hatte, sah er jetzt über sich ein dunkles Grau.

Mit dem Licht drang auch ein bitterer Rauch ein, der Neems Kehle reizte, sodass er husten musste.

»Seht ihr!«, sagte er, als er wieder sprechen konnte. »Es ist genauso dreckig, wie sie uns immer erzählt haben. Wir können ja noch nicht mal atmen!«

Kara wischte sich ihre tränenden Augen am Ärmel ab. Neem wusste nicht, ob sie weinte oder ob der beißende Rauch ihre Augen reizte. Sie versuchte zu antworten, aber sie konnte bloß husten.

Als das Dach über der Ladefläche weiter aufging, konnte Neem die Landschaft sehen, eine holprige Straße, die sich durch Hügel von Asche und Gerümpel wand. Eine leichte

Brise blies ihm Asche in die Augen und brachte den Geruch von Verwesung mit sich.

Er wandte sich an Roz. »Sie haben uns angelogen«, sagte er verbittert. »Sie alle haben uns angelogen.«

TEIL ZWEI

8

Kara atmete schwer in der verpesteten Luft. Sie wischte sich die brennenden Augen und versuchte verzweifelt über die Ladewand hinauszuschauen. Doch alles, was sie sehen konnte, waren Berge aus rauchendem Müll, die sich bis an den Horizont erstreckten, wo sie zu einer verschwommenen Linie verschmolzen. Bald schmerzten Karas Augen so sehr, dass sie nichts mehr erkennen konnte.

Als sie den Kopf abwandte, erhaschte sie einen Blick von Varta. »Es ist alles in Ordnung«, sagte Varta.

Kara wandte den Kopf ab. Nichts war in Ordnung! Hier draußen war alles tot und verseucht, genau so wie alle immer gesagt hatten. Die Sigmas hatten sie belogen. Das bedeutete, dass sie wahrscheinlich auch über ihren Dad die Unwahrheit gesagt hatten und darüber, dass der Cityschutz sie und ihren Bruder verhaften wollte. Hatten die Sigmas vor, Neem und sie zu kidnappen, um bessere Lebensbedingungen zu erzwingen? Was für ein Dummkopf sie doch gewesen war!

Sie hatten den größten Fehler ihres Lebens gemacht, als sie zuließen, dass die Sigmas sie von zu Hause wegbrachten. Und jetzt war es zu spät.

Neem, der auf der anderen Seite der Ladefläche saß,

krümmte sich zusammen; er hatte den Kopf in die Hände gelegt.

»Neem«, rief Kara verzweifelt aus. »Was sollen wir jetzt tun?«

Er schüttelte bloß den Kopf. Stattdessen antwortete Roz: »Tut, was Varta sagt. Wartet ab. Wenn es hier draußen überall so wäre, wie könnten wir dann außerhalb der Kuppel überleben?«

Kara schenkte ihr keine Beachtung. Sie schlang die Arme um ihre Knie und kauerte dicht an der Wand. Nach einer Weile machte sie die Augen zu, um das tote Land nicht mehr sehen zu müssen.

Das Fahrzeug fuhr dröhnend und holpernd weiter. Wellen der Übelkeit stiegen in ihr hoch, als der Wagen sie von einer Seite auf die andere schleuderte. Sie wusste nicht, wie viel Zeit vergangen war, als sie Vartas Stimme wieder hörte.

»Kara – sieh mal.«

In ihr Schicksal ergeben machte Kara die Augen wieder auf und erwartete das Schlimmste. Doch der Rauch war dünner und brannte nicht mehr so stark in ihren Augen. Das Atmen fiel ihr auch wieder leichter. Als sie über den Rand schaute, sah sie, dass die Berge von Asche zu einer dünnen Schicht auf dem Boden zusammengeschrumpft waren und dass Flecken nackter, brauner Erde durchschienen.

»Das ist schon besser«, sagte sie und lächelte schwach; sie kämpfte immer noch mit der Übelkeit.

Varta lächelte auch. »Keine Sorge«, sagte sie. »So ist es anderen Leuten, die wir gerettet haben, zuerst auch ergan-

gen. Du wirst dich bald sehr viel besser fühlen, das verspreche ich dir.«
Kara hob die Augenbrauen, doch sie konnte nicht genug Energie aufbringen, um Varta zu fragen, was sie damit meinte.
Ein paar Sekunden später kam ein Wind auf und wischte die Rauchschwaden weg. Und dann schien der Wagen in ein strahlendes Licht einzutauchen, das so grell war, dass Kara die Augen wieder schließen musste, da sie zu tränen anfingen.
Nach einer Weile zwang sie sich, sie langsam wieder aufzumachen. »Warum ist es plötzlich so hell?«, fragte sie. »In CityFünf war es Nacht. Wird es hier draußen denn nicht dunkel?«
»Doch, natürlich«, antwortete Varta. »Aber eure Zeiten sind nicht die echten Tageszeiten. Da drin habt ihr einen Dreißig-Stunden-Tag – wahrscheinlich glaubt das System, dass ihr auf diese Weise mehr Arbeit leistet. Echte Tage sind kürzer.«
Kara blinzelte, als sich ihre Augen langsam an das Licht gewöhnten. Der Himmel war fast wie eine Kuppel, aber unermesslich weit. Er war aus einem schimmernden Hellblau. Über ihm schwebten kleine weiße Tupfer – Wolken, wie Kara annahm, der eine Abbildung aus dem Geografieunterricht an der Akademie wieder einfiel. Hinten am Horizont war ein Licht, das so klar und grell war, dass sie die Hand vor die Augen legen musste, um nicht davon geblendet zu werden.

»Schau nicht direkt in die Sonne«, warnte Varta sie. »Davon kann man blind werden.«

Die Sonne!, dachte Kara fasziniert. In der CodeCity gab es keine Sonne. Doch sie hatte alles darüber gelernt, über ihr Spektrum und wie viel Wärme sie ausstrahlte und ihre Position in der Milchstraße. Doch niemand hatte Kara je gesagt, wie beeindruckend sie war.

Nun, da die Ladewände heruntergeklappt worden waren, befanden sie sich auf einem tiefen, offenen Anhänger, der an die Fahrerkabine angehängt war. Kara spähte vorsichtig über den Rand.

Obwohl sie die Aschehaufen hinter sich gelassen hatten, war der Weg, den sie befuhren, immer noch uneben; überall lagen Steine herum und Schlaglöcher brachten den Wagen gefährlich ins Schaukeln.

Die raue Landstraße erstreckte sich so weit das Auge reichte. Zuerst konnte Kara es kaum fassen, wie weit der Horizont entfernt war, an dem das Land mit dem Himmel verschmolz. Sie hatte in ihrem ganzen Leben noch nie etwas gesehen, das weiter weg war als die am weitesten entfernte Häuserreihe, höher als die höchste Ebene der CodeCity oder weiter als das alles umschließende Kuppelgewölbe. Das hatte schon unermesslich weit gewirkt, aber was sie nun sah, war damit nicht zu vergleichen. Am liebsten hätte sich Kara zitternd verkrochen, um sich vor den riesigen Dimensionen zu verstecken, oder sich an der Ladewand festgehalten, damit sie nicht in das grenzenlose Blau hinausgeweht würde.

Sie schauderte und spürte, dass sich Schweißperlen auf ihrer Stirn gebildet hatten.

»Bleib ganz ruhig«, sagte Varta mitfühlend. »Am Anfang sind alle davon überwältigt.«

Kara atmete tief durch und wischte sich ungeduldig übers Gesicht. »Ich bin okay«, murmelte sie. Doch sie fühlte sich gar nicht okay.

Der Wagen holperte weiter über die unwegsame Straße, die fast schnurgerade auf den Horizont zuführte. Allmählich wurde die nackte Erde zu beiden Seiten grüner, wuchsen Grasbüschel und stachlige Büsche. Einige von ihnen trugen sogar gelbe Blüten. Etwas weiter entfernt säumten Bäume den rechten Straßenrand.

»Dann – dann ist hier draußen ja gar nicht alles tot«, sagte Kara.

»Nein. Das erzählen sie bloß den Menschen in den Code-Citys«, erwiderte Roz.

Kara fielen die Bilder ein, die ihre Lehrer an der Akademie den Schülern gezeigt hatten. Bilder von totem Land, durch Bomben zerstört und verbrannt oder von Luftverpestung vergiftet. Bilder, die Aschehügel zeigten. Sie hatte immer geglaubt, dass die Menschen in der Vergangenheit die Welt um sich herum zerstört hatten, bis das System die Kontrolle übernommen hatte.

»Warum ist die Umgebung der Stadt dann so schrecklich?«, wollte sie wissen.

Varta lachte. »Das sind Müllberge. Habt ihr euch nie gefragt, wo all euer Müll hingebracht wird – das, was nicht wieder verwertet werden kann? Es wird da hinten abgeladen. Das hält die Stadt sauber und alle Neugierigen davon ab, sich draußen umzusehen.«

Bisher hatte Kara geglaubt, sie wüsste genau, wie die Welt aussah. Doch ihre Überzeugungen rannen ihr wie Sand durch die Finger. Hier eröffnete sich ihr etwas völlig Neues,

und auch wenn sie Angst hatte, war es, als würde ihre Verzweiflung schwinden.
Wenn sie doch bloß das merkwürdige Gefühl abschütteln könnte, das sie ergriffen hatte. Kara hob den Kopf und sah, dass Varta sie besorgt ansah. Sie zwang sich, das Lächeln zu erwidern. Sie setzte sich gerader hin und fing an, die kühle Luft zu genießen, die ihr ins Gesicht wehte.
Vor dem Wagen rannte ein kleines braunes Etwas über den Weg und verschwand in der Hecke auf der anderen Seite.
»Was war das?«, fragte sie.
»Bloß ein Kaninchen«, sagte Varta.
»Ein Kaninchen?« Für einen Augenblick war Kara verwirrt. »Meinst du ein Tier? Ein lebendiges Tier?«
»Klar. Die sieht man hier oft.«
Sie zeigte auf den Wegesrand und Kara sah drei oder vier der kleinen Geschöpfe, die neben der Straße saßen und das Fahrzeug neugierig beobachteten, als es an ihnen vorbeifuhr.
»Machen sie euch denn nicht krank? Uns wurde beigebracht, dass Tiere –«
»… die Pest verbreiten«, beendete Varta den Satz für sie. »Ich weiß. Auch so eine Lüge.«
Kara packte ihren Bruder am Arm. »He, Neem – schau mal!«
Neem schüttelte sie ab. Er hatte sich nicht gerührt, seit er die Aschehaufen gesehen hatte. Er saß immer noch mit dem Rücken zur Ladewand und hatte den Kopf in die Hände vergraben. Seine Haut war kühl und mit einer leichten Schweißschicht bedeckt.

»Lass mich in Ruhe«, sagte er.

Kara rückte näher zu ihm hin. »Neem, es ist okay«, sagte sie. »Ich glaube, es wird alles gut werden.«

Neem hob den Kopf und sah sie an. In seinen Augen lag Wut und Frust. »In Ordnung? Du glaubst, dass alles gut werden wird?«, fragte er verbittert. »Wir sind von zu Hause verschleppt worden, wir wissen nicht, wohin sie uns bringen, und du sagst, dass ich mir keine Sorgen machen soll? Und wenn die Luft außerhalb der Kuppel nicht verpestet ist, warum fühle ich mich dann so schlecht?«

»Wir werden euch alles erklären«, sagte Roz, als hätte er die Frage an sie gerichtet. Nun, da sie in Sicherheit waren, wirkte sie entspannt und ihre Stimme war freundlicher. »Wir werden versuchen, euren Vater zu finden und euch weiterzuhelfen.«

»Sobald ich die Gelegenheit habe, gehe ich zurück«, sagte Neem.

Roz seufzte nur. Kara versuchte, Neems Interesse an dem, was sie vom Wagen aus sehen konnte, zu wecken, doch er saß bloß regungslos da, schwieg trotzig, starrte vor sich hin und fröstelte immer wieder.

Während sie weiterfuhren, kletterte die Sonne höher. Kara spürte die Wärme auf ihrer Haut. Das Blau des Himmels vertiefte sich. Außer den heißen Benzindämpfen trug die Brise ihr noch andere Gerüche zu – es roch frisch und lebendig.

»Ein schöner Morgen«, sagte Corlin fröhlich, während er eine Tasche aus Segeltuch öffnete und eine Plastikflasche mit Wasser herausholte. Er nahm einen großen Schluck und reichte sie dann herum. Das Wasser war lauwarm und schmeckte seltsam, doch Kara war froh, den Geschmack von Asche herunterspülen zu können. Neem weigerte sich, das Wasser zu trinken.

Der Wagen fuhr einen Hügel hinunter, an dessen Ende ein Bach sich seinen Weg durch dichtere Büsche und Bäume bahnte. Auf der anderen Seite stand eine Gruppe von Hütten, die aus grobem Holz gezimmert waren und Dächer aus Segeltuch oder Blech hatten. Vor einer der Hütten brannte ein Feuer, von dem ein dünner Rauchfaden in die Luft aufstieg. Ein dicker älterer Mann beugte sich über das offene Feuer und rührte in einem Topf herum.

Kara fragte sich, ob sie etwa am Ziel waren, doch der Wagen ratterte über eine Holzbrücke, ohne seine Geschwindigkeit zu verringern. Der Mann richtete sich auf, winkte und rief ihnen einen Gruß zu, und Varta winkte zurück.

Als sie an den Bäumen vorbeifuhren, hörte Kara einen Vogel zwitschern und erhaschte einen Blick von etwas, das auf einem der Äste flatterte. Sie hielt den Atem an. Das hier waren keine 3-D-Vögel. Die hier waren echt.

Der Wagen fuhr über den Hügel auf der anderen Seite des Bachs und setzte seine Fahrt fort. Kara setzte sich bequemer hin und warf endlich einen Blick zurück auf die Strecke, die sie hinter sich gelassen hatten.

Sie konnte einen Aufschrei nicht unterdrücken. Am Horizont war eine riesige silberne Kugel, glatt und glänzend, auf der sich das Sonnenlicht in einem konstanten und sich dennoch ständig verändernden Schimmern spiegelte. Rauchschwaden stiegen an den Außenwänden der Kuppel auf. Es dauerte einen Augenblick, bevor Kara klar wurde, dass sie ihre Heimat von außen sah.

Die Kuppel war riesengroß, doch verglichen mit der offenen Landschaft hier draußen wirkte sie winzig. Kara kam es auf einmal unwirklich vor, dass sie ihr ganzes bisheriges Leben dort verbracht hatte.
Dann sah sie plötzlich eine dunkle Linie auf der schimmernden Oberfläche. Bald war ein dunkles Dreieck zu erkennen.
»Was ist das?«, fragte sie.
Varta drehte sich um. Noch bevor sie antworten konnte, hob eine winzige silbrige Flocke von dem dunklen Dreieck ab und stieg hinauf in den Himmel. Kara zuckte zusammen, als Varta sie am Arm packte.
»Was ist das?«, wiederholte sie.
Es war Roz, die antwortete. »Es ist ein Flieger des Cityschutzes. Und er fliegt in unsere Richtung.«

9

Neem saß auf der Ladefläche und versuchte, alles zu verdrängen, was um ihn herum geschah. Jetzt klang sogar Kara, als sei sie zu den Sigmas übergelaufen. Niemand kümmerte es, dass sein Leben ein völliges Chaos war. Er würde aus dem Ausbildungsprogramm fliegen; er würde nie mehr in die SIM abtauchen können; er würde nie mehr die Herausforderung und den Nervenkitzel eines Flugs mit seinem Aeroschirm spüren. Er hatte alles verloren. Und diese gemeinen Lügen über seinen Vater konnte er erst recht nicht glauben.

Sogar in der grellen, heißen Sonne fröstelte er. Sein Kopf hämmerte schmerzhaft und je länger der Wagen über die unebene Straße fuhr, desto schlechter wurde ihm. Was ist, wenn ich mir irgendeine Sigma-Krankheit eingefangen habe?, dachte er. Hier draußen gibt es ja keine Docs.

Ein lautes Klopfen riss ihn aus seinen Gedanken. Er hob den Kopf und sah, dass Corlin an die Rückwand der Fahrerkabine hämmerte.

»He, Karl!«, brüllte er. »Der Cityschutz! Fahr schneller, mach schon!«

Neem hielt den Atem an. Hoffnung flackerte in ihm auf. Die anderen schauten nach oben. Er folgte ihrem Blick und sah einen silbernen Flecken, der rasch größer wurde, bis er

seine Delta-Form und den Kreis mit der Doppelspirale an der Unterseite, das Symbol des Cityschutzes, erkennen konnte. Er hörte das leise Summen des Flugzeugmotors.
Der Cityschutz war den Sigmas also auf der Spur. Sie kamen, um ihn und Kara zu retten! Neem bemühte sich, seine wachsende Aufregung nicht zu zeigen, als der Flieger näher kam. Bald würde das alles vorbei sein – wie wenn man aus einer schrecklichen Simulation aufwachte.
»Wir sollten von der Landstraße weg«, murmelte Roz.
Als hätte er sie gehört, bog der Fahrer plötzlich ab und fuhr durch die Büsche, die am Straßenrand wuchsen. Neem hielt sich am Rand der Ladefläche fest, während das Fahrzeug über den unwegsamen Erdboden holperte. Ein dorniger Ast fuhr über seinen Handrücken und hinterließ Kratzer.
Dann ließen sie die Büsche hinter sich. Der Wagen ratterte auf eine Reihe von Steinbrocken zu, die ein paar hundert Meter vor ihnen aus der Erde herausragten.
Als sie näher kamen, merkte Neem, dass die Reihe zu gleichmäßig war, um von der Natur geschaffen worden zu sein. Bald erkannte er, dass es Häuserruinen waren, in denen einmal Menschen gewohnt und gearbeitet hatten.
Das Fahrzeug fegte durch eine Lücke in der Steinmauer. Jetzt war das Summen des Flugzeugs unüberhörbar. Neem sah, dass es entlang der Straße flog, die sie gerade verlassen hatten.
Er richtete sich unsicher auf, als der Wagen vorwärts rumpelte. Er wollte mit den Armen wedeln und laut rufen, damit der Pilot auf ihn aufmerksam wurde, doch sobald er eine Bewegung machte, war Corlin wieder neben ihm. Der kräftige Mann hielt ihn mit einem Arm fest und legte ihm

die Hand auf den Mund. Neem wehrte sich, doch Corlins Griff war stahlhart.
Frustriert richtete Neem den Blick wieder auf den Flieger. *Seht doch – wir sind hier drüben!* Er versuchte, den Piloten durch Gedankenübertragung auf sich aufmerksam zu machen. Aber der Flieger schoss an ihnen vorbei und folgte der Linie der Landstraße.
Der Wagen rumpelte nun weniger stark, da die Strecke, die sie jetzt befuhren, früher eine Straße gewesen war. Die Oberfläche war rissig und überall spross Unkraut aus dem aufgeplatzten Asphalt.
Ganz plötzlich bog der Fahrer erneut ab und der Motor verstummte. Sie waren an eine schattige Stelle gekommen, an der zwei Hauswände standen und darüber der Rest eines zerstörten Dachs.
Corlin ließ Neem los und zerrte ein gebündeltes Netz aus der vorderen Ecke der Ladefläche. Er warf das Netz hastig über das Fahrzeug.
»Keine Bewegung«, sagte Roz. Sie holte ihr Messer heraus, setzte sich und legte es auf ihre Knie; die Klinge zeigte auf Neem. »Ich meine vor allem dich!«
Die Stille kam Neem seltsam vor nach dem Dröhnen und Rumpeln der Fahrt. Als er sich daran gewöhnt hatte, konnte er das leise Rascheln von Laub hören, das von der Brise bewegt wurde, er hörte irgendwo das Huschen eines Tieres und über ihnen das Surren des Flugzeugs.
Von ihrem Versteck aus konnte Neem das Flugzeug erspähen, wenn es beim Hin- und Herfliegen in sein Blickfeld kam. Auf der Jagd nach dem Fahrzeug der Sigmas suchte es das Gebiet systematisch ab. Neem wusste, dass der Pilot

einen Infrarot-Bildschirm an Bord hatte, also war die Lage nicht hoffnungslos.

»Sie suchen uns, nicht wahr? Neem und mich?«, fragte Kara leise.

Roz nickte. Kara zog die Beine an und schlang die Arme um die Knie, als könnte sie sich dadurch so klein machen, dass man sie nicht mehr sehen konnte. Neem konnte es nicht fassen. Wollte sie etwa bei den Sigmas bleiben?

Er kauerte auf der Ladefläche; jeder Muskel in seinem Körper war angespannt, während er darauf wartete, dass der Pilot sie entdeckte. Er konnte es kaum glauben, als das Summen des Motors leiser wurde und irgendwann ganz verstummte. Er sah, wie sich die anderen entspannten. Seine eigene Enttäuschung war so groß, dass er sie am liebsten laut herausgeschrien hätte, doch er biss die Zähne zusammen und zwang sich still zu bleiben. Wieder fröstelte er am ganzen Körper.

Glaubt bloß nicht, dass ich jetzt aufgebe, dachte er. Es wird noch mehr Gelegenheiten geben.

Corlin schob das Netz zurück und sprang auf die Erde; vorsichtig verließ er die Deckung und verschwand hinter der Hausecke. Keiner rührte sich oder sagte ein Wort, bis er zurückkam.

»Alles in Ordnung«, sagte er. Er redete kurz mit dem Fahrer in der Kabine, bündelte das Netz wieder und kletterte zurück auf die Ladefläche. »Sie sind weg. Die Luft ist rein.«

Der Motor heulte auf und sie bogen wieder auf die zerfurchte Straße ein. Neem merkte, wie elend er sich fühlte und wie erschöpft er war. So erschöpft, dass seine Hände anfingen zu zittern. Auch wenn die Sonne noch schien, signalisierte ihm sein Körper, der an den Tagesrhythmus der CodeCity gewöhnt war, dass es mitten in der Nacht war. Er wusste zwar aus dem Paläogeschichtsunterricht, was Jetlag war, doch sicher war das nicht so schlimm gewesen wie diese Zeitumstellung.

»Ist es noch weit?«, murmelte er.

Varta schüttelte den Kopf. »Wenn der Flieger nicht aufgetaucht wäre, wären wir schon da.«

Jetzt fuhr der Wagen zwischen Ruinen auf schnurgeraden Straßen, von denen andere Straßen im rechten Winkel abgingen. Dies war mal eine Stadt gewesen oder zumindest eine Kleinstadt mit Häusern, die nicht von einer Kuppel geschützt worden waren, sondern unter freiem Himmel gestanden hatten. Kein Wunder, dass sie jetzt in Ruinen lagen! Wie es wohl wäre, fragte Neem sich, wenn man jeden Tag zur Haustür hinausgehen und sich den Elementen aussetzen müsste?

»Was passiert, wenn es regnet?«, fragte er, von Neugier übermannt. In den CodeCitys wurde die Luftfeuchtigkeit vom TechCenter kontrolliert und es gab ein unterirdisches Bewässerungssystem für die Gärten. Jedes zweite Zeitband wurde ein nächtlicher »Regenschauer« ausgelöst, der die Gebäude strahlend sauber hinterließ.

Varta lachte. »Wenn es regnet? Na, dann werden wir nass«, sagte sie.

Neem lachte leise in sich hinein. Bevor er einen Kommentar dazu abgeben konnte, fuhren sie durch einen Torbogen und blieben in einem gepflasterten Hof stehen.

Roz machte die hinteren Klappen auf und sprang hinunter. Neem folgte ihr, bevor Corlin ihn wieder herumschubsen konnte. Er fühlte sich ganz steif von der Reise und fürchtete, dass seine Beine ihm nicht gehorchen würden. Als die anderen vom Fahrzeug kletterten, sah er sich um.

Am anderen Ende des Hofs stand eine Häuserreihe, nicht zu vergleichen mit den Luxusapartmenthäusern der wichtigsten City-Bürger. Die hier hatten keine glänzenden weißen Außenwände. Auch keine gepflegten Vorgärten mit Duftbüschen und 3-D-Eichhörnchen. Diese Häuser hier waren klein und aus grobem Backstein dicht nebeneinander gebaut. Die Wände waren so gut wie intakt, doch nur ein paar der Häuser hatten ein Dach.

Corlin nickte Roz zu und ging hinüber zu den Häusern.

»Ich sage Jak Bescheid, dass wir hier sind«, sagte Roz zu Varta. »Er will sicher mit ihnen sprechen, aber du kannst ihnen vorher was zu essen geben. Ich nehme an, ihr habt Hunger?«, fügte sie hinzu.

»Ich sterbe vor Hunger!«, sagte Kara.

Neem vergrub die Hände tief in den Hosentaschen. Essen? Die bloße Vorstellung machte seine Übelkeit noch schlimmer, und er konnte sich sowieso nicht vorstellen, dass Sigma-Essen genießbar war.

Während Roz wegging, stieg der Fahrer aus der Kabine und kam zu Neem und den anderen herüber. Er war ein hoch gewachsener, dünner junger Mann mit gebräunter Haut und kurzem, lockigem Haar, das von der Sonne gebleicht war. Die gestohlene Uniform der Cityorganisation war ihm viel zu klein.

Er lächelte, als er näher kam. »Hallo, ich bin Karl. Willkommen im Hauptquartier.«

»Hauptquartier?«, fragte Kara. »Was ist das?«

»Das werdet ihr schon noch sehen. Kommt, wir gehen essen.«
Karl führte sie ins nächste Haus. Neem und die anderen folgten ihm in einen Raum mit einem nackten Steinboden; in dem Raum standen ein Tisch und ein paar Bänke. Im offenen Kamin brannte ein Feuer, und daneben saß eine Frau, die kleine runde Brote auf einem flachen Blech beaufsichtigte. Neem starrte sie neugierig an.
»Was macht sie da?«, fragte er.
Die Frau antwortete lächelnd: »Ich backe.« Dabei wendete sie die Brote.
Neem spürte, wie sich ihm fast der Magen umdrehte. Diese Sigmas hatten ja noch nicht einmal Ultrawellengeräte oder Essen in versiegelten VakPacks! Offene Feuer waren bei den Bürgern verboten, weil sie gefährlich und unnötig waren. Er fragte sich, ob man ihn zwingen würde, diese unappetitlichen Brote zu essen, doch Karl grüßte die Frau nur. Dann führte er sie durch eine Tür auf der anderen Seite des Raums in einen Flur.
Eine weitere Tür am hinteren Ende des Flurs führte zu einer Treppe, die nach unten ging. Neem folgte Karl; Kara blieb hinter ihrem Bruder und Varta bildete das Schlusslicht. Die Treppe war aus Stein und von der starken Abnutzung ganz glatt poliert. Um nicht auszurutschen, hielt sich Neem an dem Seil fest, das an der Wand befestigt war.
Am unteren Ende der Treppe befand sich ein kurzer Flur, der ein paar Meter weiter in einer nackten Wand zu enden schien.
»Wohin gehen wir?«, fragte Neem.
»Einen Augenblick bitte«, antwortete Karl.

Sie warteten, und obwohl Neem niemanden entdecken konnte, hatte er das unbehagliche Gefühl, als würden sie beobachtet.
Er machte den Mund auf, um weitere Fragen zu stellen, doch in diesem Augenblick teilte sich die Wand am Ende des Flurs in der Mitte und zwei Türen schwangen auf. Ihre Innenseite war mit Stahl verkleidet.
»Okay, kommt mit«, sagte Karl fröhlich.
Hinter der Doppeltür war ein kleiner Raum, in dem ein Mann an einem Tisch saß und etwas auf einen Block Papier schrieb. Bisher kannte Neem Papier nur aus der Büchersammlung seines Vaters. Auf dem Tisch lag ein flaches Objekt aus Metall, das er als eine Waffe identifizierte – es wurde Gewehr genannt, wie er von dem paläohistorischen Modell in der Schule wusste. Primitiv, aber wirksam, erinnerte er sich.
Der Mann hob den Kopf, als Karl die anderen in den Raum führte.
»Hallo«, sagte Varta. »Das sind Neem und Kara Anders. Jak wollte mit ihnen sprechen.«
Der Mann sah sie mit leisem Interesse an. Er stand auf, kam hinter dem Tisch hervor und musterte die Zwillinge von oben bis unten. Dann klopfte er sie rasch und professionell ab.
»Okay«, sagte er.
Überrascht sagte Neem: »Wollen Sie unsere elektronischen Codes gar nicht scannen?«
»Nur das System besteht bei allen Menschen, die sein Terrain betreten wollen, auf Codes«, sagte Varta. »Hier draußen haben sie keine Bedeutung.« Sie ging weiter.

Neem folgte ihr einen weiteren Flur entlang. Er war verwirrt. Was für Leute waren das, die sich nicht für Codes interessierten? Er berührte seinen eigenen Code und dachte daran, dass der Code ihn als Karriere-Alpha identifizierte und wie sehr er sich in der Ausbildung anstrengte, um sich dieser Ehre würdig zu erweisen. Ihm war kalt. Was war er wert, wenn sein Code keine Bedeutung mehr hatte?

»Was ist das hier für ein Ort?«, fragte er, bemüht, seine plötzliche Angst zu verbergen.

»Das ist unser Hauptquartier«, erklärte Karl. »Diese Häuser hatten früher Keller – wir haben die Kellerwände eingerissen, Träger eingezogen und einen großen Keller daraus gemacht.«

Neem schwieg. Er hatte eine Menge zu verdauen. Nie hätte er gedacht, dass die Sigmas eine Organisation oder ein verstecktes Hauptquartier haben könnten. Das System wusste sicher nichts davon. Er spürte, dass er wieder ganz nervös wurde, weil er irgendwie fliehen musste. Er konnte diese Informationen nicht für sich behalten.

Als sie den Flur entlanggingen, sah Neem, dass sich an den Wänden viele Kisten mit Akten stapelten. Er nahm sich vor, bei seiner Flucht ein paar davon mitzunehmen.

Am Ende des Flurs riss Karl eine Tür auf. »Hier hinein.«

Eine Welle warmer Luft und ein verlockender, köstlicher Duft strömten aus dem Raum.

»Wir haben seit vielen Zeiteinheiten nichts mehr gegessen«, seufzte Kara.

Wieder wurde Neem allein bei dem Gedanken schlecht. »Wir können kein Sigma-Essen vertragen«, sagte er. »Es ist wahrscheinlich mit Mikroorganismen verseucht.«

»Na und?«, erwiderte Kara resigniert. »Was anderes gibt es nicht, Neem.«
In der Kantine saßen schon ein paar Sigmas zusammen und aßen; Neem erkannte Corlin wieder, auch wenn Roz nicht bei ihm war.
Am anderen Ende des Raums war eine Luke, die in etwas führte, das Varta eine Küche genannt hatte. Von dort ertönten klappernde Geräusche, und als sie sich näherten, tauchte eine Frau an der Luke auf.
»Ihr seid spät dran«, sagte sie in tadelndem Ton, doch dabei lächelte sie Karl an. Sie stellte vier Schüsseln aus Steingut auf die Theke und fing an, sie mit einer Flüssigkeit aus einem riesigen Topf aufzufüllen. »Bitte sehr!«
»Danke, Misha«, sagte Karl.
Neem warf einen misstrauischen Blick auf die Schüsseln. In der dicken Flüssigkeit schwammen Bohnen und Gemüsestückchen. Zu seiner Überraschung sah das Essen köstlich aus und duftete auch so, doch er glaubte nicht, dass es eine so ausgewogene Mahlzeit war, wie er sie gewohnt war. Und wahrscheinlich schwammen tatsächlich alle möglichen Krankheitserreger darin herum.
»Bohnensuppe«, sagte Varta. »Probier mal.« Sie stellte die Schüsseln auf ein Tablett und Karl brachte einen Korb mit Brötchen und einen Krug Tee.
Als sie sich an einen der Tische setzten, sagte Kara: »Man erzählt sich, dass ihr rohes Fleisch esst.«
Karl zuckte mit den Schultern. »In den CodeCitys wird alles Mögliche erzählt.«

Vorsichtig tauchte Neem seinen Löffel in die Flüssigkeit. Der erste Schluck Suppe überraschte ihn; sie war schärfer und hatte einen stärkeren Geschmack als alles, was er je zuvor gegessen hatte. Er sah, dass Kara sie hungrig in sich hineinschlang, und entschied, dass jetzt der falsche Zeitpunkt war, um sich über Krankheitserreger Gedanken zu machen. Sein Gefühl der Übelkeit verging, als er langsam die Suppe löffelte.

Er hörte Karas überraschten Aufschrei und sah von seiner Schüssel auf. Sie starrte in ihre Teetasse.

»Das ist dasselbe Zeug, was Dad immer trinkt!«, sagte sie.

Neem sah, dass Varta und Karl Blicke wechselten. Sofort wurde er misstrauisch. Hatten sie vielleicht irgendwas in den Tee geschüttet? Neem fragte sich, ob es wirklich das ekelhafte Zeug war, das sein Vater trank. Wenn ja, würde er es auf keinen Fall anrühren.

»Ich erkundige mich, wo ihr untergebracht werdet«, sagte Varta rasch. »Ihr müsst müde sein, aber zuerst solltet ihr mit Jak reden. Und«, fügte sie hinzu, »ihr solltet wirklich beide versuchen, den Tee zu trinken. Es ist ein Kräuterextrakt – und ich verspreche euch, dass ihr euch danach besser fühlt.«

Neem ignorierte ihre letzte Bemerkung. »Wer ist Jak?«, fragte er.

»Einfach jemand, den ihr kennen lernen sollt«, sagte eine neue Stimme – sie gehörte einem älteren Mann, der die Kantine betreten und an ihren Tisch gekommen war. Er war klein und untersetzt, hatte ein rundes Gesicht umrahmt von zerzaustem silberfarbenem Haar. Er trug eine alte Tunika, an der alle Verschlüsse fehlten, und eine Hose, die er mit einem Stück Seil um die Taille gebunden hatte.

Als er ihren Tisch erreicht hatte, nickte er Varta und Karl zu

und streckte Neem und Kara die Hand hin, um ihre Hände zu schütteln statt die Handflächen zu berühren. »Hallo. Ich heiße Tor. Jak erwartet euch jetzt.«
Neem kratzte den letzten Rest Suppe aus der Schüssel, aß sogar etwas von dem Brot und stand auf. »Wird er uns sagen, was hier gespielt wird?«, fragte er.
»Selbstverständlich wird er das«, erwiderte Tor.
»Okay«, meinte Neem. »Je früher wir mit ihm reden, desto früher können wir von hier wieder verschwinden und nach Hause gehen.«
Tor sah ihn erstaunt an. Er warf Karl und Varta einen scharfen Blick zu. »Habt ihr es ihnen denn nicht erklärt?«, flüsterte er.
Varta wirkte unglücklich. »Wir haben es versucht.«
»Hört zu.« Tor hielt inne, holte tief Luft und setzte wieder an: »Es ist keine einfache Situation, denn der Cityschutz ist hinter euch her. Wenn sie euch finden, werden sie euch festnehmen, und ich habe keine Lust, mir auszumalen, was dann mit euch passiert. Es tut mir Leid, aber ihr könnt nicht zurück.«
»Nie wieder?«, flüsterte Kara.
Tor schüttelte den Kopf. »Nie wieder.«

10

»Kommt herein und setzt euch«, sagte Jak. »Es gibt eine Menge, worüber wir uns unterhalten müssen.«
Kara war etwas verunsichert, nicht durch seine körperliche Erscheinung, sondern eher durch seine Ausstrahlung. Er wirkte intelligent und energiegeladen, aber trotzdem beherrscht. Er war ungefähr im gleichen Alter wie ihr Dad, hatte ein schmales Gesicht und dunkles Haar, das langsam grau wurde. Er trug eine schwarze Hose und eine Tunika, die er, wie Kara vermutete, von der City-Wohlfahrt für Draußenseiter bekommen hatte. Karl und Varta waren weggegangen und hatten versprochen, später wiederzukommen. Tor hatte die Zwillinge zu Jak gebracht. Nun setzten sie sich auf die Stühle, die Jak ihnen anbot, während Tor lässig an den Türrahmen gelehnt stehen blieb.
»Wir müssen uns darüber unterhalten, was passiert ist«, sagte Jak, »und warum ihr hier seid. Ihr müsst wissen –«
»Sie haben ja einen Arbeitscomp!«, entfuhr es Neem.
Jak lächelte und warf einen Blick über seine Schulter auf den Comp, der auf dem Schreibtisch am anderen Ende des Zimmers stand. »Sicher. Ist zwar nicht das neueste Modell, aber funktionsfähig.«
»Aber wie wird er angetrieben?«, wollte Neem wissen. »Wie kriegen Sie Strom aus den CodeCitys?«

»Gar nicht. Wir haben Solarzellen«, antwortete Tor.

Jak schob das Thema beiseite. »Egal, wir müssen über wichtigere Dinge reden.« Er hielt nachdenklich inne und fragte dann: »Was wisst ihr alles über das System?«

Neem runzelte die Stirn. Um ihm zuvorzukommen, antwortete Kara rasch: »Was alle wissen. Sie haben die Städte gebaut.«

»Und versorgen uns mit allem, was wir brauchen«, sagte Neem stolz.

»Wirklich mit allem?«, fragte Jak.

»Ja klar. Mit Lebensqualität, Rohstoffen, Unterhaltung, Schutz – mit allem.«

»Und was ist mit der Freiheit?«

Neem starrte ihn an. »Was soll damit sein? Wir sind frei! Alle sind frei! Sogar Sie sind frei. Keiner hält Sie davon ab, hier draußen zu leben, wenn Sie das wollen. Es ist nicht illegal.«

»Du irrst dich«, warf Tor trocken ein. »Das hat man euch gesagt. Aber das ist nicht die Wahrheit. Ihr seid nicht wirklich frei.«

Kara spürte ein wachsendes Unbehagen.

»Ihr seid nur so lange frei, wie ihr das tut, was das System euch vorschreibt«, sagte Jak. »Wenn ihr versuchen würdet, euch zu widersetzen, würdet ihr bald genug herausfinden, wie frei ihr wirklich seid.«

Neem sprang auf und schmiss mit einem Krachen seinen Stuhl um. »*Sie* haben uns von zu Hause weggeholt, *Sie* haben uns hergebracht und jetzt sind wir *Ihre* Gefangenen! Wie können *Sie* es wagen, das System zu kritisieren?«

Einen Augenblick lang fürchtete Kara, dass Neem die

Draußenseiter durch diesen Ausbruch verärgert hätte, doch Jak nickte nur leicht.
»Das stimmt«, sagte er, während Tor schweigend Neems Stuhl aufhob und hinstellte. »Aber das war nur, um euch vor Schlimmerem zu bewahren.«
»Ich glaube Ihnen nicht«, sagte Neem.
»Dann lass mich dir mehr über dein kostbares System erzählen. Sie haben als biotechnische Firma angefangen und menschliche DNA erfasst. Sie haben das menschliche Genom patentiert und sind dadurch noch reicher geworden, und mit zunehmendem Reichtum wurden sie auch immer mächtiger. Aber erst durch den Drei-Stunden-Krieg haben sich die Dinge wirklich verändert.«
»Das wissen wir«, sagte Neem ungeduldig. »Die Regierungen kamen mit den Kriegsfolgen und der Luftverschmutzung nicht klar. Das System hat sich eingeschaltet und das Problem gelöst – Ende der Geschichte.«
Jak lächelte. »Das ist die Geschichte, die sie euch erzählen. Es ist wohl ein Körnchen Wahrheit dran. Das System hatte sämtliche Energiequellen, Geldmärkte und sogar Lebensmittelvorräte unter Kontrolle. Und was noch wichtiger war: Sie hatten eine ganze Reihe leistungsstarker Raketen entwickelt. Als Präsident Ritchie Ermittlungen bei dem Unternehmen anordnete, ging der Krieg plötzlich los. Es gab ein totales Chaos. Und wer hat die Kontrolle übernommen? Das System. Und sie beschlossen, dass wir keine Regierungen mehr brauchten.«
»Sie übertreiben«, sagte Neem.
Jak zuckte mit den Schultern. »Ich weiß, dass es für euch ein schwerer Schock sein muss, dass das System die Macht

auf so eine hinterhältige Weise an sich gerissen hat, aber es ist die Wahrheit.« Er wartete, doch als weder Neem noch Kara etwas sagten, fuhr er fort: »Die amerikanischen Großstädte waren nicht zerbombt worden, und das Erste, was das System tat, war, ihnen riesige Kuppeln überzustülpen. Das war eine immense Operation und sie müssen sie vorher gut geplant haben. Städte und Fabriken, die nicht im Besitz des Systems waren, wurden total zerstört – die Menschen, die darin lebten und arbeiteten, brauchten verzweifelt eine Unterkunft und bettelten, in den Städten leben zu dürfen. Es gab nur eine Bedingung: Sie mussten zulassen, dass ihre DNA untersucht wurde. Nur Menschen, deren DNA gut genug war, durften in den CodeCitys leben. Wenn die DNA eine Krankheit oder das Risiko einer Krankheit erkennen ließ, wurde diesem Menschen das Aufenthaltsrecht verwehrt. Jeder hoffte natürlich, dass seine DNA den Anforderungen genügen würde. Wenn ein Verwandter oder Freund eines Bürgers den Test nicht bestand, hatte man die Wahl. Man konnte die CodeCity ebenfalls verlassen – oder bleiben. Die meisten Draußenseiter sind Nachkommen der Menschen, die vor vielen Jahren hinausgeworfen wurden – und von denen, die freiwillig mitgegangen sind.«

»Die meisten Draußenseiter?«, fragte Kara.

Jak nickte. »Ein paar von uns haben früher in CodeCitys gelebt. Aber wir mussten sie verlassen, als wir uns gegen das System auflehnten.«

Kara war sprachlos. Sie wusste, wie es sich anfühlte, wenn man kein Karriere-Alpha war. Sie konnte sich jedoch nicht vorstellen, wie es war, total ausgeschlossen zu werden, nur weil man nicht in das System hineinpasste. Und sie konnte diesem ernsthaften Mann mit dem leisen Lächeln auch nicht sagen, dass das System die Städte aus reiner Liebe und Fürsorge zu den Menschen, die dort lebten, gebaut hatte. Bevor sie es aussprach, war ihr klar, dass er das nicht glauben würde. Allmählich war sie selbst nicht mehr sicher, ob sie es glaubte.

»Warum hat das System dann den perfekten Lebensraum geschaffen?«, fragte Neem grimmig.

»Damit die Bürger ihn nicht mehr verlassen wollten«, antwortete Jak. »Das Compsystem kontrolliert alles in den Städten, vor allem ihre Bürger. Den Kindern wird ihr elektronischer Code eingepflanzt, wenn sie in die Schule kommen, und von dem Moment an hat das System die Kontrolle über sie – bis an ihr Lebensende.«

Kara schauderte.

»Aber wir wissen noch nicht, warum das System jeden kontrollieren will«, sagte Jak. »Das versuchen wir hier im Hauptquartier – und an vielen anderen Orten auf dem ganzen Kontinent – herauszufinden.«

»Und ich hab gedacht, ihr seid –«, begann Kara und spürte, wie sie vor Verlegenheit errötete. »Na ja, Sie wissen schon, einfache …«

»Sigmas«, ergänzte Jak, ohne beleidigt zu sein. »Fast wie Tiere. Die Nahrung suchen, betteln, stehlen. In gewisser Hinsicht stimmt das auch. Unseren Vorfahren blieb nichts anderes übrig – als sie ausgestoßen wurden, mussten sie ums Überleben kämpfen. Aber wir wollen nicht zum System kriechen, um zu sehen, ob unsere DNA ausreicht. Wir haben mitgekriegt, was sie mit den so genannten ausgesuchten Leuten machen, und wir wollen damit nichts zu tun haben. Wir treffen unsere eigenen Entscheidungen und tun, was wir können, um die Macht des Systems zu brechen. Wir dürfen nur deshalb in die CodeCitys, damit die Bürger sehen können, was aus ihnen werden würde, wenn sie draußen leben würden. Und damit wir sehen können, was wir versäumen.« Er lachte kurz. »Als wollten wir jemals drinnen leben.«

Kara dachte an die CodeCitys – lauter Großstädte, im ganzen Land verteilt, die durch den Eiltren wie ein riesengroßes, glänzendes Spinnennetz miteinander verbunden waren und unter deren Kuppeln Millionen von Menschen lebten.

»Ich glaube nicht, dass das System weiß, wie weit wir schon gekommen sind«, fuhr Jak fort. »Aber auf der anderen Seite gibt es auch alles Mögliche, was wir noch nicht wissen. Was will das System erreichen? Was sind ihre langfristigen Pläne?« Er runzelte die Stirn und sein Blick ging ins Leere. »Und wer steckt hinter dem Ganzen?«

»Ich glaube es Ihnen immer noch nicht!«, sagte Neem. »Wenn Sie doch bloß den DNA-Test durchführen lassen müssen – warum tun Sie es dann nicht? Sie wirken nicht wie ein DNA-Versager – Sie sind doch ziemlich gewieft. Und warum sind Sie gegen das System? Das Leben in den CodeCitys ist fantastisch. Es gibt keine Probleme.«

»Das wollen sie euch glauben machen«, sagte Jak.

»Und was wollen Sie mich glauben machen?«, schoss Neem zurück. »Warum sollte ich Ihnen glauben? Innerhalb des Systems habe ich ein gutes Leben. Ich bin ein Karriere-Alpha, ich bekomme die beste Ausbildung, die es gibt, und danach jede Stelle, die ich will. Ich habe genug ScannerCash, um zu kaufen, was ich will, und um hinzufahren, wohin ich will –« Er brach mit einem verächtlichen Schnauben ab und stand rasch auf. »Ich gehe jetzt nach Hause und Sie können mich nicht zurückhalten.«

Es war still im Raum, während Jak ihn einen Augenblick lang anstarrte und sich dann vor den Arbeitscomp setzte. »Ich will dir was zeigen. Wir sind über einen Satelliten mit einem Internetsystem verbunden«, erklärte er. »Wir –«

»Aber das ist unmöglich!«, rief Kara aus.

Jak lächelte sie unmerklich an. »Das System benutzt es nicht mehr und scheint auch keinen Verdacht zu haben, dass wir die nötige Technologie besitzen, um es anzuzapfen. Und jetzt«, fuhr er fort und schaltete den Arbeitscomp ein, »hacke ich mich in das Sicherheitssystem der CodeCitys ein.«

Der Arbeitscomp war so veraltet, dass er eine Tastatur statt einem Mikro hatte. Jaks Finger tanzten über die Tasten, während ein Bild nach dem anderen auf dem Monitor auftauchte und wieder verschwand. Langsam erhob Kara sich von ihrem Sitz und sah ihm über die Schulter; sie staunte, wie langsam der Computer war und wie veraltet die Grafiken wirkten. Einen Augenblick später stellte ihr Bruder sich neben sie.

Dann wurde eine Seite gezeigt, auf der in großen, schimmernden Buchstaben FAHNDUNG stand. Voller Entsetzen starrte Kara auf ihr eigenes und auf Neems Bild, die zusammen mit ihren Namen und persönlichen Daten abgebildet waren.

»Nein!«, flüsterte sie.

»Es gibt drei Typen von Draußenseitern«, erklärte Jak. »Diejenigen, deren DNA angeblich den Standard nicht erfüllt, die, die draußen geboren wurden und nicht unter dem System leben wollen, und schließlich diejenigen, die gegangen sind, weil sie verhaftet worden wären, wenn sie geblieben wären. Der dritte Typ wird als schlimmster Draußenseiter angesehen.«

»Was wollen Sie damit sagen?«, fragte Neem. »Wir sind keine Draußenseiter!«

Jak ging auf die nächste Seite. Geschockt las Kara, dass Neem und sie reklassifiziert worden waren, dass sie nicht länger den Status der Bürger hatten, dass ihnen der Zutritt zu den CodeCitys nicht mehr gestattet war und dass ihre Code-Privilegien gestrichen waren.

»Es tut mir Leid«, sagte Jak. Sein Mitgefühl klang echt. »Ihr seid bereits als Verräter eingestuft worden. Unter dem System gibt es kein schlimmeres Verbrechen. Wenn sie euch erwischen – werdet ihr spurlos verschwinden.«

11

»Was?«, schrie Neem. Er umklammerte die Rückenlehne von Jaks Stuhl und starrte auf den Bildschirm des Arbeitscomps, als könnte er dadurch den Text ändern. »Sie haben das ins Netz gestellt!« Er drehte sich zur Tür um. »Ich gehe zurück! Ich erkläre ihnen, was Sie uns angetan haben – ich erkläre denen –«

»Niemand wird dir zuhören«, sagte Jak ruhig.

Neem ignorierte ihn. In ihm tobte die Wut. Er stürmte auf die Tür zu. Wenn ihn einer zurückhalten wollte, würde er sich den Weg freikämpfen. Er war sicher, dass er den Cityschutz dazu bringen könnte, ihn anzuhören. Er hatte wichtige Informationen über dieses Hauptquartier, die er ihnen geben konnte. Als Gegenleistung würde das System ihm seine Privilegien zurückgeben.

Als er die Tür erreichte, öffnete sie sich. Vor ihm stand Varta.

»Hallo«, sagte sie. »Seid ihr fertig?«

»Ich glaube, wir haben ihnen für den Augenblick genug gesagt«, meinte Jak. »Kannst du ihnen ihre Unterkunft zeigen, Varta? Wir können morgen weiterreden.«

Neem stand immer noch mit geballten Fäusten da. Varta sah ihn an, ohne erstaunt zu wirken; dann sah sie Kara voller Mitgefühl an. »Macht euch keine Sorgen – ihr werdet euch gut einleben.«

»Ich will mich nicht einleben.« Karas Stimme zitterte vor Wut. »Ich will mein altes Leben zurück. Ich will zu meinem Dad!«

»Ich weiß«, sagte Varta. »Ihr werdet ihn bestimmt wiedersehen. Und ihr werdet merken, dass das Leben hier besser ist, sobald ihr euch eingewöhnt habt. Das verspreche ich euch.«

»Besser?«, fragte Neem höhnisch. »In einem Loch wie diesem?«

»Ihr werdet schon sehen«, sagte Varta. Sanft zog sie Kara zur Tür. »Kommt mit, ich will euch was zeigen.«

Sie ging mit Kara auf den Flur. Neem zögerte erst, folgte ihnen dann aber doch; er zwang sich gelassen zu bleiben. Sollten die Sigmas ruhig glauben, dass er sich in sein Schicksal gefügt hätte, und dann …

Tor lief neben ihm her. »Ich hab mal in CityFünf gelebt«, sagte er. »Ich würde um nichts in der Welt wieder zurückgehen.«

Neem zuckte mit den Schultern. Reden führte sowieso zu nichts.

Statt sie ins Haus zurückzubringen, führte Varta sie hinter das Gebäude. Vor ihnen lag eine Wiese, die mit Steinen übersät war. Doch es war der Himmel, der Neems Blicke auf sich zog, sodass Neem für einen Moment seine Feindseligkeit vergaß. Auf der Reise hatte er zum ersten Mal in seinem Leben einen blauen Himmel gesehen. Jetzt ergossen sich orangefarbene und goldene Streifen aus der flammend roten Sonne und breiteten sich über den Horizont aus.

Kara, die direkt neben ihm stand, rief aus: »Das ist ja unglaublich! Was ist passiert?«

Varta lächelte. »Die Sonne geht unter. Ich wette, so was habt ihr noch nie gesehen.«
Sie hatte Recht. Das Verblassen des milchigen Lichts in einer CodeCity geschah fast unmerklich.
Dieses Feuerwerk der Farben sah zwar kitschig aus, doch irgendwie auch faszinierend. Neem konnte den Blick nicht abwenden.
Plötzlich entdeckte er eine Gestalt, die in ihrer Nähe auf einer kaputten Mauer saß – eine dunkle Silhouette gegen den feuerroten Himmel. Es war Misha.
»Hallo«, sagte sie.
Neem schwieg, doch Kara setzte sich neben sie auf die Mauer.
»Ich komme bei Sonnenuntergang immer hierher«, sagte Misha.
»Ist das jedes Mal so beeindruckend?«, fragte Kara.
»Na ja. So spektakulär sieht es nicht immer aus.« Mishas helle, lebhafte Augen blickten abwechselnd Neem und Kara an. »Ihr wart noch nie draußen, stimmt's?«, fragte sie.
Neem schüttelte den Kopf.
»Ich habe noch nie in einer dieser künstlichen Städte gelebt«, sagte Misha. »Und ich würde dort auch nicht wohnen wollen.«
»Gefällt es Ihnen hier draußen wirklich?«, fragte Kara.
»Klar.« Misha lächelte. »Ich glaube zwar, dass es vor dem Krieg noch viel schöner war, aber es wird langsam wieder besser.«
Kara wollte etwas erwidern, doch dann starrte sie ganz entsetzt auf den Boden. Ein kleines schwarzes Tier rieb sich an ihren Beinen und sah sie mit grünen Augen fordernd an.

»Was –«, setzte sie an, machte sich dann aber ganz steif, als das Tier lautlos auf ihren Schoß sprang.
Misha lachte. »Das ist bloß mein Kater. Er heißt Bandit. Streichle seinen Kopf. Er tut dir nichts.«
»Beißt er mich auch nicht?«, fragte Kara leise.
»Von Tieren kann man sich Krankheiten holen«, sagte Neem mit einem Seufzer und rückte von den anderen ab. Hatten diese Sigmas denn von nichts eine Ahnung? »Warum schaffen Sie sich nicht lieber ein 3-D-Tier an? Die sind ungefährlich und machen keinen Dreck.«
Varta kicherte und legte sich die Hand auf den Mund.
Kara streckte die Hand aus und strich der Katze ängstlich über Kopf und Rücken. »Das fühlt sich so weich an und warm«, sagte sie überrascht.
Neem war angewidert. »Gewöhn dich nicht zu sehr an die Katze«, sagte er. »Vielleicht wird sie uns morgen als Mittagessen serviert.«
»Was?«, fragte Misha und unterdrückte ein Lachen.
»Sie können nichts dafür«, warf Tor ein. Zu Neem sagte er: »Dein Vater hat sich Gedanken gemacht, ob dich das System zu stark beeinflusst.« Neem schaute Tor ungläubig an.
»Unser Dad?«, fragte Kara.
»Ich habe ihn nur einmal gesehen«, sagte Tor. »Aber ich hatte regelmäßigen Kontakt zu ihm. Ich bin für die Kommunikation zuständig.«
Bisher hatte Neem Tor kaum Beachtung geschenkt. Jetzt merkte er, dass Tor sie beide prüfend ansah.
»Roz hat uns auf dem Weg hierher gesagt, dass Dad Ihnen Informationen geschickt hat«, sagte Kara.
»Das sind doch alles Lügen«, murmelte Neem und hob die

Augenbrauen. Er konnte sehen, dass Kara auf dem besten Wege war, den Sigmas Glauben zu schenken. »Vater war und ist kein Verräter. Das System ist sein Leben!«

»Denk mal darüber nach«, meinte Tor. »Verräter ist natürlich ein schmutziges Wort. Aber das System verdient keine Treue. Kit Anders ist ihm nicht verpflichtet.«

»Warum nicht?«, fragte Neem. »Was hat das System ihm je getan?«

Tor schwieg einen Augenblick lang, dann sagte er ruhig: »Das System hat eure Mutter umgebracht.«

12

»Nein!«, flüsterte Kara entsetzt. Wie konnte er so etwas behaupten?
»Mutter wurde krank und starb«, sagte Neem. »Sie wurde nicht umgebracht.«
»Das System wollte, dass ihr das glaubt«, sagte Tor. »Aber euer Vater hat es nicht geglaubt.«
»Er hat uns nie was davon gesagt.«
»Er dachte, je weniger ihr wisst, desto sicherer wärt ihr«, murmelte Tor.
Neem schwieg.
»Aber warum sollte das System so etwas getan haben?«, fragte Kara. »Mom war keine Bedrohung für das System.«
»Im Gegenteil«, sagte Tor. »Lenga Anders war eine der größten Bedrohungen, die das System je gehabt hat.«
Kara erstarrte.
»Was wisst ihr über die Arbeit eurer Mutter?«, fragte Tor.
»Sie war auf Klimakontrolle spezialisiert«, sagte Neem.
»Sie war auf ihrem Gebiet die Beste«, fügte Kara tonlos hinzu; sie war geschockt.
»Ja«, sagte Tor. »Und weil sie so klug war, reichte es ihr nicht, einfach hinzunehmen, was das System ihr erzählte. Sie hat so einiges herausgefunden. Und dann hat sie eurem Vater davon erzählt.«

»Und was hat sie rausgefunden?«, fragte Kara nervös.

Tor beantwortete ihre Frage nicht sofort. »Ihr wisst, dass alle in den Städten glauben, was man ihnen sagt, dass sie die Regeln beachten und nie Schwierigkeiten machen?«

»Warum auch nicht?«, fragte Neem.

»Weil das nicht normal ist«, antwortete Tor ruhig. »Lenga Anders fing an sich zu fragen, warum alle Bürger so ruhig und brav waren. Zuerst dachte sie, dass die Bewohner von versteckten Botschaften in der Werbung beeinflusst würden, doch als ihre Tests nichts dergleichen anzeigten, konzentrierte sie ihre Aufmerksamkeit auf das Umweltkontrollsystem. Sie analysierte die Luftzusammensetzung und fand heraus, dass ein Drogennebel zusammen mit der so genannten gereinigten Luft in die Kuppel gepumpt wird.«

»Drogen?«, fragte Neem. »Was meinen Sie damit? Wenn in der Luft Drogen wären, würden doch sicher alle Leute krank werden!«

»Vielleicht sind sie das ja«, warf Misha ein.

Noch beunruhigter als vorher fragte Kara: »Wie wirkt sich das auf die Bürger aus?«

Misha presste den Mund zusammen. Dann fuhr sie fort: »Der Drogennebel enthält einen Neurotransmitter, der die Funktion des Gehirns beeinflusst und die Proteine verändert, die die DNA produziert.«

»Was meinen Sie damit?«, fragte Kara leise.

»Damit meine ich«, erwiderte Misha, »dass die, die unter dem Einfluss der Droge stehen, so ruhig gestellt werden, dass sie jede Anweisung des Systems befolgen – ohne Fragen zu stellen.«

»Aber das ergibt keinen Sinn«, sagte Neem. »Wenn wir

Ihnen glauben sollen, dann hat Mutter Fragen gestellt. Stand sie denn nicht auch unter dem Einfluss des Drogennebels?«

»Ja. Nein –« Irritiert winkte sie ab. »Ihr seid wirklich überhaupt nicht informiert!«

Tor schaltete sich ein: »Das System braucht intelligente Leute, deren Gehirn frei von Drogen ist. Also werden Karriere-Alphas mit großen Mengen Kräuterextrakt versorgt. Es wird ihnen gesagt, das seien seltene Vitamine, die ihr Denkvermögen stärken, aber in Wirklichkeit normalisiert der Kräuterextrakt nur das manipulierte Gen. Diese Leute sind aufgeweckter, können schneller und logischer denken und so die Aufgaben, die das System für sie vorgesehen hat, bewältigen.«

»Aber ich bin doch auch ein Karriere-Alpha«, sagte Neem. »Warum hat man mir das Zeug nicht zu trinken gegeben?«

Tor schüttelte den Kopf. »Erst nach deinem Abschluss hätte man es dir gegeben.«

»Und mir nicht«, sagte Kara. Sie kochte innerlich vor Wut. Die Vorstellung, dass man ihr Gehirn manipuliert hatte, war schrecklicher als alles, was sie je gehört hatte.

»Nein«, sagte Tor. »Und das hat deine Eltern darin bestärkt, etwas dagegen zu tun.«

»Lenga hatte entdeckt, dass Karriere-Alphas von den Drogen nicht beeinträchtigt wurden«, schloss sich Misha an. »Irgendwann ist sie auf den Kräuterextrakt gekommen. Einen Tag nachdem sie Kit alles erzählt hatte, wurde sie krank.« Misha schwieg einen Augenblick. »Drei Tage später – war sie tot.«

»Das klingt ja, als hätte ...« Jetzt konnte Kara ihre Stimme nicht länger kontrollieren. »Sie wollen doch nicht etwa behaupten, unser Dad hätte sie umgebracht, oder?«
»Natürlich nicht«, sagte Varta. »Aber wir haben den Verdacht, dass das System alle Gespräche mithört – sie wissen so viel. Lenga hatte etwas herausgefunden, das sie nicht wissen sollte, und sie hatte nicht vor, es für sich zu behalten. Deshalb konnten sie sie nicht leben lassen.«
»Also war ihre ganze Arbeit umsonst«, sagte Kara. Ihr Herz hämmerte laut vor Wut.
»Hoffentlich nicht«, meinte Tor. »Euer Vater hat ihre Nachforschungen weitergeführt.«
»Warum hat er die Öffentlichkeit nicht sofort ausführlich darüber informiert?«, fragte Neem. »Das wäre doch klug gewesen.«
»Genau«, stimmte Misha ihm zu. »Aber es war nicht einfach für ihn. Erstens gab das System ihm das Gegenmittel nicht mehr, weil sie ihm nicht mehr trauten.« Sie kniff amüsiert die Augen zu. »Aber zu dem Zeitpunkt stand er schon in Verbindung mit uns, also haben wir ihm den Tee geliefert.«
»Was?« Neem klang ungläubig. »Das ist ja Unsinn! Woher solltet ihr –?«
»Der Wirkstoff des Kräuterextrakts wird aus einer Pflanze gewonnen, die hier draußen wächst«, erklärte Misha. »Wir gießen die Blätter zu einem heißen Tee auf.«
Kara konnte ihre Überraschung nicht verbergen: »Ach, deshalb hat Dad das Zeug getrunken! Und gewollt, dass wir es auch trinken.« Plötzlich sah sie Neem an. Ihr war eingefallen, wie übel ihr gewesen war, als sie die City ver-

lassen hatten. Und wie schlecht Neem ausgesehen hatte – ihm war noch schlechter gewesen als ihr. War das vielleicht, weil sie von dem Kräuterauszug getrunken hatte und er nicht? War ihnen beiden vielleicht nicht wegen der schlechten Luft außerhalb der Kuppel übel gewesen, sondern weil sie so etwas wie Entzugserscheinungen gehabt hatten? Waren sie nicht dem System gegenüber schon viel kritischer geworden?

Tors Stimme unterbrach ihre Gedanken: »Lengas Untersuchungsergebnisse verschwanden nach ihrem Tod, aber dann hat Kit seine eigenen Nachforschungen angestellt. Während seiner täglichen Arbeit im Forschungszentrum der City hat er die geheimen Daten des Systems angezapft.«

»Und ist etwas dabei herausgekommen?«, fragte Kara.

»Wir glauben schon. Aber …«, setzte Tor an.

»Aber was?«, fragte Neem rasch.

»Jetzt ist er verschwunden«, sagte Varta. »Das System muss ihm auf die Schliche gekommen sein.«

Kara dachte an den gestrigen Abend zurück, als sie nach Hause gekommen waren und ihre Wohnung verwüstet vorgefunden hatten, wie der Leiter des Cityschutzes sie zu Hause empfangen hatte und ihr Dad nirgends zu finden war.

Was immer Lenga Anders entdeckt hatte, was immer Kit selbst herausgefunden hatte, war für immer verloren. Es sah aus, als hätte das System mal wieder gewonnen.

Karas Mund war ganz trocken. Sie holte tief Luft, setzte sich aufrecht hin und erschreckte so die Katze, die wütend fauchte und sich mit scharfen Krallen an Karas Knie fest-

hielt. Kara spürte sie kaum, während sie aufgeregt in ihrer Tasche wühlte.
Dann hielt sie Tor die Mikrodiskette hin. »Hier.«
»Was ist das?«
Kara erklärte, wie sie die Diskette gefunden hatte.
Neem hörte ihr mit offenem Mund zu. Was ging hier vor? Hatten die Sigmas all das inszeniert?
Tor nahm die Diskette an sich. »Und du weißt nicht, was drauf ist?«
»Nein. Aber es muss mit dem Ganzen was zu tun haben!«
Varta stand auf. »Kommt – wir müssen Jak die Diskette zeigen.«

Tor riss die Tür zu Jaks Zimmer auf, ohne vorher anzuklopfen. Kara, die ihm gefolgt war, sah, dass Jak von seinem Arbeitscomp aufsah.
»Was gibt's?«, fragte er. »Probleme?«
Tor lächelte und gab Varta die Diskette. Sie legte sie in den Comp ein und rief die Datei auf, die darauf gespeichert war. In der Zwischenzeit erklärte Tor Jak, wie Kara die Diskette entdeckt hatte.
Kara konzentrierte sich auf den Arbeitscomp. Eine Unmenge Zahlen überfluteten den Bildschirm. Tor, Misha und Jak schauten gespannt zu, während Varta die Datei durchsuchte.
Eine Minute später rief Misha aus: »Genau! Das ist es!«
»Was ist es?«, fragte Neem.
Jak zeigte auf den Monitor. »Diese Zahlen sind das Ergebnis von Lengas Untersuchungen. Sie zeigen, was das System in die Luft gepumpt hat – nämlich die Droge K-56.

Und sie zeigen auch, wie die Droge die Bürger beeinflusst.«
»Sie beweisen ein für alle Mal, dass das System eure DNA verändert hat«, erklärte Tor.

13

Neem machte die Augen auf. Einen Zeitblick lang dachte er, der Tagesalarm, der die Bürger weckte, sei heute nicht losgegangen. Dann fiel ihm wieder ein, wo er war.
Er lag auf dem Rücken in einem kleinen Zimmer mit geweißten Wänden. Es gab keine Tür, nur eine bogenförmige Öffnung, die in ein ähnliches Zimmer führte, in dem Kara schlief. Sonnenstrahlen fielen auf ein Gitter direkt unter der Zimmerdecke an der Wand gegenüber.
Neem streckte sich und spürte die groben Laken auf seiner Haut, das Gewicht der Decke und des Quilts, der obendrauf lag, der so ganz anders war als der weiche, temperierte Schlafkokon, in dem er zu Hause schlief.
Er hatte nichts, was ihm sagte, wie viel Uhr es hier draußen war. Sein Armcomp zeigte nur die Zeit der CodeCity an. Doch sein Magen sagte ihm, dass die nächste Mahlzeit längst fällig war. Das Gefühl der Übelkeit und die Kopfschmerzen vom Tag zuvor waren verschwunden.
Gähnend setzte er sich auf. Varta hatte ihnen zwar den Waschraum am Ende des Flurs gezeigt, doch er sehnte sich nach einer Sonicdusche. Er kroch aus dem Bett und zog die Sachen an, die er am Abend abgelegt hatte.
Als er seine Tunika anzog, stellte er fest, dass sie schon schmutzig wirkte. Zu Hause hätte er sie nach dem Auszie-

hen automatisch in den Cleaner-Schrank gehängt. Er fragte sich, wie die Sigmas ihre Wäsche reinigten.
Als er angezogen war, ging er in Karas Zimmer. Er musste mit seiner Schwester reden. Er musste dringend herausfinden, auf wessen Seite sie eigentlich stand. Kara war auch schon angezogen.
»Hör zu«, drängte er. »Wir müssen miteinander reden, bevor die Sigmas nach uns schauen.«
»Musst du sie immer Sigmas nennen?«, stöhnte Kara. »Also gut, worüber willst du reden?«
»Wir müssen darüber reden, was wir jetzt tun sollen.«
»Du hast doch gehört, was sie gestern gesagt haben«, erwiderte Kara. »Du hast gesehen, was auf dem Bildschirm stand. Wenn wir zurückgehen, werden sie uns verhaften.«
»Aber wie kannst du so sicher sein, dass die Sigmas die Wahrheit sagen? Wie kannst du nur so naiv sein?«, flüsterte Neem. »Sie behaupten doch nur, dass sie ins Sicherheitssystem der Stadt eingedrungen sind. Wo ist der Beweis?«
»Da wäre die Mikrodiskette«, sagte Kara leise. »Und Dads Kräuterextrakt. Es passt alles. Ich habe Dads Tee getrunken, du nicht – vielleicht bin ich deshalb nicht so verblendet wie du? Und vielleicht ging es dir deshalb gestern schlechter als mir –«
Neem zuckte mit den Schultern. »Ich weiß nicht. Aber wir müssen rausfinden, was sie wirklich vorhaben«, sagte er. »Erst dann können wir entscheiden, ob wir ihnen glauben dürfen oder nicht.«
Kara zögerte und Neem merkte, dass sie den Sigmas längst glaubte. Jetzt war er ganz auf sich gestellt.

Im Hauptquartier schien heute weniger los zu sein als am

Tag zuvor. Als sich Neem und Kara aus dem Zimmer wagten, wirkte es wie ausgestorben. Neem ging vorneweg, an der Kantine vorbei, und statt den Flur zu nehmen, der zu Jaks Zimmer führte, schlug er die entgegengesetzte Richtung ein.

»Das ist albern«, flüsterte Kara.

»Wir müssen es versuchen«, flüsterte Neem zurück. »Auf alle Fälle finden wir so vielleicht etwas heraus.«

Ein paar Schritte weiter hörte er am Ende des Flurs den Klang von Stimmen. Er ging langsamer und gab Kara ein Zeichen, still zu sein.

Die Stimmen kamen aus einem Zimmer, dessen Tür halb offen stand. Neem schlich sich heran und drückte sich flach gegen die Wand, sodass er mithören und in den abgedunkelten Raum spähen konnte, ohne entdeckt zu werden.

Drinnen saßen Jak, Tor und Varta. Es dauerte ein paar Zeitblicke, bis Neem eine vierte Person erkannte – Karl. Er hatte die Uniform der Cityorganisation ausgezogen und trug jetzt eine blaue Tunika und eine zerschlissene graue Militärhose.

Jak sah von seinen Unterlagen auf.

»Also sind wir einer Meinung«, sagte er. »Wir müssen von Lenga Anders' Untersuchungen Gebrauch machen. So schnell wie möglich. Sie können nicht ungestraft DNA manipulieren.«

»Wenn wir in die CodeCity fahren, kann ich mich in einen NewsBoy einloggen«, schlug Varta vor. »Ich kann die Daten eingeben und überall hinschicken – auf alle Plasmonitore, Infoleisten, Armcomps und Arbeitscomps. Dann weiß es jeder.«

»Zu riskant«, sagte Tor und Karl fügte hinzu: »Sigmas dürfen keine NewsBoys benutzen. Du musst dir andere Kleidung beschaffen. So wie du angezogen bist, nimmt dir keiner die Bürgerin ab.«
Varta hatte dasselbe Hemd aus grobem braunem Stoff an, das sie am Tag zuvor getragen hatte, und dazu einen Wickelrock aus bunten Flicken, den sie sich um die Taille gebunden hatte. Eine Bürgerin würde nie solche grellen Farben tragen, dachte Neem und sah auf seine eigene graue Tunika herab.
»Ich werde Kara fragen, ob ich mir ihre Kleidung ausleihen kann«, sagte Varta. »Wir sind ungefähr gleich groß.«
Neem warf einen Blick auf Kara, um ihre Reaktion zu sehen. Zu seiner Bestürzung sah er, dass sie zustimmend lächelte.
»Aber es gibt da ein Problem«, sagte Jak. »Ich weiß, dass wir die Bürger darüber informieren sollten, aber es wird nichts nützen. Sie sind so gedopt, dass sie solchen Statistiken keine Aufmerksamkeit schenken würden. Wir müssen die Beimischung von K-56 stoppen. Vielleicht lässt die Wirkung dann schnell nach und sie nehmen die Informationen auf den Plasmonitoren ernst.«
»Aber wie lange dauert es, bis die Wirkung von K-56 nachlässt?«, fragte Karl.
»Das wissen wir nicht.« Jetzt sprach eine neue Stimme und Neem merkte, dass auch Misha im Zimmer war. »Ich nehme an, dass der Drogennebel ununterbrochen in die Luft gepumpt wird, um die Bürger ruhig und unkritisch zu halten. Ich glaube nicht, dass es sehr lange dauern würde, bis seine Wirkung nachlässt. Aber ich kann mich irren.«
»Dann müssen wir es einfach ausprobieren«, sagte Jak.

»Wenn der Drogennebel durch die Klimaanlage verbreitet wird, wie schwierig ist es dann, ihn zu stoppen?«

»Es muss einen Code geben, mit dem man diese Funktion ausführen kann«, sagte Varta. »Ich kann mich von hier aus in das Compsystem der CityFünf einschalten und ihn herausfinden.«

Neem war überrascht, wie sicher sie klang – so sicher, als wäre sie eine Computerexpertin.

Jak lächelte. »Gut«, sagte er. »Danke, Varta. Das wäre also entschieden.«

»Gibt es denn keinen anderen Weg, die Bürger wachzurütteln?«, unterbrach ihn Varta. »Ist es richtig, ihnen die Entzugserscheinungen zuzumuten?«

»Ich fürchte, wir haben keine andere Wahl«, sagte Jak betrübt. »Wir müssen sie auf die Situation aufmerksam machen und hoffen, dass sie uns glauben werden. Wer soll dich begleiten?«

»Ich sollte mit ihr mitgehen«, sagte Karl sofort. »Und ich würde Roz und Corlin vorschlagen. Sie können uns Rückendeckung geben, falls wir Schwierigkeiten bekommen. Wir werden jeden, der misstrauisch schaut, ablenken, während Varta ihre Aufgabe erledigt. Ist das okay, Varta?«

Varta lächelte und nickte. »In Ordnung.«

Neem merkte, dass die Sitzung gleich zu Ende sein würde, und fing an, sich vorsichtig zurückzuziehen. Er gab Kara ein Zeichen zurückzugehen.

Stattdessen kam Kara aus ihrem Versteck heraus und betrat das Zimmer. »Ich muss euch etwas sagen«, platzte sie heraus. »Wir müssen wissen, was los ist. Und ich will mitkommen.«

Einen Augenblick lang herrschte Schweigen, während die Sigmas Kara anstarrten und Neems Gedanken sich überschlugen. Kara irrte sich gewaltig. Es war eindeutig, dass sie beschlossen hatte, den Sigmas zu vertrauen. Dabei war das mit dem Drogennebel doch nur eine fixe Idee von den Sigmas. Früher oder später würde Kara den schlimmsten Schock ihres Lebens erleiden.

Aber ihr Vorschlag war gar nicht so schlecht. Kara wollte den Sigmas helfen. Neem wollte einfach nur weg von ihnen, zurück in die Stadt, in die er gehörte. Warum sollte er sich also nicht von den Sigmas selbst zurückschmuggeln lassen. Sobald er dort war, hatte er Informationen, die den Cityschutz dazu bringen würden, ihm zuzuhören. Er würde sein altes Leben zurückbekommen und noch viel mehr.

Er marschierte ins Zimmer und stellte sich neben seine Schwester. »Kara hat Recht«, sagte er. »Wir kennen uns dort besser aus als ihr. Ich will auch mitkommen.«

14

Kara starrte ihren Bruder an. Sie traute ihren Ohren kaum und war so in Gedanken, dass es ein paar Sekunden dauerte, bis sie merkte, dass ihre Gegenwart nicht erwünscht war. Jak meldete sich als Erster zu Wort.

»Ich kann mich nicht daran erinnern, euch zu dieser Sitzung eingeladen zu haben«, sagte er kalt.

Kara sah ihn mit erhobenem Kopf an.

»Auf jeden Fall«, fuhr Jak fort, »könnt ihr unter gar keinen Umständen mitgehen.«

»Warum?«, fragte Neem. »Wir werden vorsichtig sein. Wir wollen euch helfen.«

»Aber versteht ihr denn nicht«, sagte Karl, »wenn ihr dabei seid, wird das ganze Unternehmen noch gefährlicher. Ihr werdet gesucht. Der Cityschutz wäre entzückt, euch in die Finger zu kriegen.«

»Aber Sie wissen doch, warum uns das wichtig ist«, sagte Kara. »Wir haben alles verloren …«

»Wir verstehen das«, gab Jak zurück. »Aber es ist zu riskant. Das Letzte, was ich will, ist, dass ihr beide auch noch umgebracht werdet.«

»Aber wir würden nicht –«, protestierte Neem.

»Das hier ist Zeitverschwendung«, unterbrach Jak ihn ruhig. »Danke für euer Angebot, aber es geht nicht.«

Kara war sprachlos vor Enttäuschung. Ihr fiel nichts mehr ein, was sie sagen könnte, um Jak zu überzeugen. Neem stand mit gesenktem Kopf und düsterer Miene da.

Varta streckte die Hand aus, packte Kara am Handgelenk und zog sie auf das Sitzkissen, das neben ihr auf dem Boden lag. »Uns wird schon nichts passieren«, sagte sie beruhigend.

»Die nächste Entscheidung, die wir treffen müssen«, sagte Jak, »ist, welchen NewsBoy wir knacken – einen öffentlichen, aber keinen zu öffentlichen, und er darf nicht zu weit von einer Stadtausfahrt entfernt sein. Sobald es erledigt ist, werden wir –«

»Ich weiß, welchen!«, rief Kara aus. »In der Nähe der Akademie I steht ein großer NewsBoy.«

Jak warf ihr einen leicht irritierten Blick zu. »Ich bin nicht sicher, ob –«

»Nein, Jak, hör zu. Du verstehst nicht. Als Neem und ich noch kleiner waren, sind wir aus Spaß in den Comp des NewsBoy eingedrungen.«

»Du hast ihn geknackt«, verbesserte Neem sie. »Es war deine Idee. Du hast dafür einen ganzen Monat Strafarbeiten bekommen und ich von der Akademie eine Verwarnung.«

»Auf alle Fälle«, fuhr Kara fort, »wissen wir schon, wie man den Sockel des NewsBoys offen legt. Ich könnte es im Schlaf.«

Jetzt hatte Kara Jaks Interesse geweckt.

»Sie hat nicht Unrecht«, sagte Misha. »Je schneller wir arbeiten, desto geringer ist die Gefahr, dass wir dabei gestört werden.«

»Ja«, sagte Karl vorsichtig. Er lächelte Kara an.
Jak runzelte nachdenklich die Stirn. »Was Neem und Kara wissen, könnte vielleicht den Unterschied zwischen Erfolg und Misserfolg ausmachen. Vielleicht sollten wir es doch wagen …?«
»Oh, danke!«, rief Kara aus. »Wir werden euch nicht enttäuschen.«
Tor grinste. »Hoffentlich schickst du sie nicht in dieser Aufmachung rein. Wer würde sie so für Sigmas halten?«
»Darum kümmere ich mich«, sagte Varta.
Neem wirkte sehr erleichtert. Kara konnte nicht verstehen, warum er plötzlich unbedingt helfen wollte. Vielleicht fing er jetzt doch endlich an den Draußenseitern zu trauen?
Gegen Mittag verließen Kara, Neem und der Rest der Gruppe das Hauptquartier. Diesmal nahmen sie nicht das Fahrzeug der Cityorganisation. Stattdessen fuhren sie in einem uralten Bus. Der Bus hatte abgefahrene Reifen und die Türen waren mit Seilen zugebunden. Der Motor spuckte und hustete, als würde er gleich endgültig ausgehen. Karl fuhr. Roz und Corlin saßen vorne bei ihm.
Kara saß hinten zwischen Neem und Varta.
Die Sigma-Klamotten waren gewöhnungsbedürftig. Varta hatte ihr den Flicken-Rock und ein weites T-Shirt gegeben, das Kara zu groß war. Varta selbst trug Karas Relaxanzug und darüber ihr braunes Hemd und eine weite Baumwollhose.
Neems Äußeres hatte sich noch dramatischer verändert. Misha hatte ihm das Haar abrasiert, bis nur noch ein schwarzer Flaum übrig war. In seinen Sigma-Klamotten, einer zerrissenen Jacke aus Mikrodenim und Shorts, wirkte

er nicht mehr wie ein junger Karriere-Alpha. Er sah jetzt aus wie ein typischer hungriger Sigma, dem jeder aus dem Weg gehen würde. Kara fand das sehr beruhigend. Wenn die Bürger Neem sahen, würden sie es sich zweimal überlegen, bevor sie fragten, was die Sigmas vorhatten.
Misha hatte beiden ockerfarbenes Aloe Vera für ihre Haut gegeben, sodass sie jetzt so sonnengebräunt aussahen wie die Draußenseiter.
Die Draußenseiter hatten Neem und Kara empfohlen, so viel wie möglich von dem faulig schmeckenden Kräuterauszug zu trinken. Varta meinte, dass sie das vor der Wirkung des K-56 schützen würde.
Die wichtigste Veränderung von Karas und Neems Äußerem betraf ihre elektronischen Codes. Sie würden an der Einfahrt zur CodeCity überprüft und sofort verhaftet werden, wenn sie auf der Liste der vom Cityschutz gesuchten Personen standen. Deshalb hatte Tor vorsichtig falsche Codes über ihre eigenen geklebt, die ihre wahre Identität verbargen.
»Sie werden nicht ewig halten«, sagte er. »Aber sie müssten euch ohne Probleme an den Wachposten vorbeischleusen.«
Die Sonne brannte genauso heiß wie am Tag zuvor. Hoch oben am strahlend blauen Himmel schwebten Wolken, und als sie über den ausgetrockneten Boden fuhren, wirbelte Staub auf. Die Atmosphäre im Bus war angespannt. Jeder war mit seinen eigenen Gedanken beschäftigt.
Die Kuppel war nun in Sichtweite und schimmerte im Sonnenlicht.
Als sie sich der Stadt näherten, türmte sich die Kuppel vor

ihnen auf. Sie reichte bis in die Wolken hinein, und ihre Mauern erstreckten sich bis zum Horizont. Nicht weit von ihnen kam eine riesige weiße Röhre aus der Mauer. Verschwommen erkannten sie einen Eiltren, der sich durch den Tunnel schlängelte und die Bürger in andere Städte brachte. In der Ferne verließen andere Eiltrens die Code-City; wie feine silberne Strahlen schossen sie in alle Richtungen davon.

Bevor sie die Aschehügel erreichten, bereitete Kara sich auf die stickige Luft und den brennenden Staub vor, unter dem sie auf der letzten Fahrt gelitten hatten. Diesmal war sie darauf gefasst.

Bald konnten sie die Oberfläche der Kuppel und eine dreieckige Öffnung erkennen. In der Nähe stand ein uralter Lastwagen.

»Da ist die Einfahrt«, sagte Roz.

»Seid ihr bereit?«, fragte Karl.

Er fuhr im Schritttempo, während Roz mit ihnen ein allerletztes Mal den Plan durchging. Nachdem sie die Stadt betreten hätten, würden sie sich sofort auf den Weg zur Akademie I machen, wo Varta sich umziehen und sich Zugang zum NewsBoy verschaffen würde. Kara und Neem würden ihr dabei helfen.

Falls es Schwierigkeiten gab, würden Roz, Karl und Corlin einen Aufruhr veranstalten und die Aufmerksamkeit der Leute von ihnen ablenken.

»Wenn einer von euch Zweifel hat«, warnte Roz, »sollte er es jetzt sagen.«

Kara merkte, dass Roz sie und Neem meinte. Keiner von ihnen sagte etwas.

»Okay«, sagte Karl, während er den Gang wechselte und der Bus einen Satz nach vorne machte. »Jetzt können wir nicht mehr zurück.«

DRITTER TEIL

15

Die Einfahrt lag direkt vor ihnen. Inzwischen waren sie alle aus dem Bus ausgestiegen. Als Roz auf die Einfahrt zulief, sah Neem die schimmernde Barriere, die ihnen den Weg versperrte.

Darüber waren Wörter in die Mauer gemeißelt:

DIE CODECITY HEISST ALLE WILLKOMMEN.

»Ob sie wirklich alle willkommen heißen?«, fragte Karl ironisch.

»Wie kommen wir rein?«, wollte Neem wissen.

»Wir müssen warten«, erklärte Roz.

Neem bemühte sich mit aller Kraft, seine Ungeduld zu verbergen. Er war so nahe dran, zurück in CityFünf zu kommen. Es war unerträglich, hier draußen mitten in dem stinkenden Müll warten zu müssen.

»Warum dauert es so lange?«, fragte Kara nach ein paar Zeitblicken.

»Die Bestimmungen«, erklärte Varta. »Nur eine bestimmte Anzahl Draußenseiter dürfen gleichzeitig die City betreten. Wir müssen warten, bis ein paar von ihnen herauskommen.«

»Warum?«

»Weil sie Angst vor uns haben«, bemerkte Roz.

»Sie wollen nicht, dass zu viele von uns sich gleichzeitig in

der Stadt aufhalten«, fügte Karl hinzu. »Wir könnten ihre nette, harmonische Welt stören.«
Neem hatte oft gedacht, dass die Sigmas nicht hineinpassten. »Warum lassen sie dann überhaupt jemanden herein?«
»Weil sie glauben, dass die Bürger nicht auf den Gedanken kommen, die Stadt zu verlassen, wenn sie einen Eindruck davon bekommen, wie Draußenseiter leben«, sagte Varta. »Und außerdem glauben sie, dass wir auch Bürger werden wollen, wenn wir sehen, wie es dort aussieht. Denn sie möchten Draußenseiter mit ausreichender DNA wieder in die CodeCitys locken. Dann hätten sie auch Kontrolle über uns.«
»Ich kenne keinen einzigen Draußenseiter, der es getan hat«, meinte Roz.
»Die CodeCity heißt alle willkommen«, zitierte Karl grinsend. »Aber nur zu ihren Bedingungen.«
Neem war überrascht. Er hatte nicht gewusst, dass Draußenseiter wieder Bürger werden konnten. Einen Augenblick war er verunsichert.
Plötzlich kam eine Gruppe von Sigmas aus dem nächsten Eingang ein paar Meter weiter und schlenderte durch die Asche auf den alten Lastwagen zu; sie grüßten die Gruppe im Vorbeigehen.
Einen Augenblick später löste sich die Barriere in winzige Teilchen auf.
Roz führte die Gruppe durch die Passage. Als sie das grelle Sonnenlicht verließen, war Neem einen Zeitblick lang geblendet. Doch seine Augen gewöhnten sich schnell an das Halbdunkel und er sah, dass sie durch einen Sensorentunnel gingen, in dem elektronische Codes überprüft wurden.

Er spürte einen leichten Angstschauer. Was war, wenn die Cityschützer merkten, dass sein Code gefälscht war? Bestimmt waren Tors Veränderungen an seinem Code auffällig. Aber er wollte noch nicht entdeckt werden. Er wollte selbst die Entscheidung treffen, wann er mit Top-Karriere-Alphas Kontakt aufnehmen würde. Er wollte seine Geschichte denen erzählen, nicht einem Wachmann an der Citygrenze.

Doch es ertönte kein Alarm.

Neem betrat einen breiteren Raum in der Passage, wo zwei Wachleute Roz und Corlin durchsuchten. Am anderen Ende des Tunnels schimmerte wieder eine Barriere aus Mikroteilchen.

Während Neem wartete, bis er dran war, entdeckte er unter der Decke auf der anderen Seite einen Plasmonitor. Er zeigte Werbung und kündigte die Filme für den Abend an. Neem schaute hin, um sich abzulenken. Da änderte sich das Bild und eine andere Meldung erschien, die aussagte, dass zwei Bürger wegen Missachtung der Sicherheitsbestimmungen gesucht wurden. Neem hatte kaum Zeit festzustellen, wie ungewöhnlich die Nachricht war, als er die Namen der Gesetzesbrecher las: Neem und Kara Anders.

Er zuckte zusammen, als hätte ihm jemand einen Schlag versetzt. Der Cityschutz suchte sie tatsächlich. Man würde sie verhaften, wenn man sie erkannte!

Er blieb regungslos stehen und bemühte sich, gleichgültig zu wirken, während Karas und sein Virtubild auf dem Monitor sichtbar wurden und dazu Details, wo und wann sie zuletzt gesehen worden waren. Die Verbrechen, die sie angeblich begangen hatten, wurden aufgelistet – Hochverrat,

Brandstiftung, Diebstahl, Mord, Staatsgefährdung. Ihm wurde eiskalt, während er darauf wartete, dass die Cityschützer ihn festnahmen.
Doch die Zeitblicke verstrichen und keiner der Wachmänner sagte ein Wort. Da ließ Neems Panik nach. Er brauchte sich noch nicht zu stellen.
Als die Wachleute sich ihm einen Moment später näherten, stellte er erleichtert fest, dass sie ihn nur durchsuchen wollten, wie sie alle Sigmas durchsuchten. Er stand still, als einer der Wachleute ihn rasch abklopfte, während der andere zu Kara ging.
Kara wirkte nervös. Die Mikrodiskette war in ihrem Rocksaum versteckt. Doch Varta hatte gesagt, dass die Wachleute hauptsächlich nach Waffen suchen würden, nicht nach etwas so Kleinem wie einer Mikrodiskette. Dennoch fragte sich Neem, was wohl passieren würde, wenn der Wachmann sie entdeckte.
Aber es schien, als wollten die Wachleute sie nur ein bisschen schikanieren. Sie hatten das Messer nicht gefunden, das Roz tief in ihrem Stiefel versteckt hatte. Und sie hatten auch bei Karl und Corlin nichts gefunden.
Endlich berührte einer der Cityschützer den Sensor, mit dem die innere Barriere bedient wurde. »Eintreten«, sagte er.
Die Barriere aus Mikroteilen löste sich auf. Roz ging voraus. Neem folgte ihr und sah sich verstohlen um. Dann blieb er stehen. Er war wieder da!
»Neem – nicht stehen bleiben«, drängte Kara ihn im Flüsterton. »Alle beobachten uns.«
Neem ging weiter, damit der Rest der Gruppe durch die

Sicherheitsbarriere eintreten konnte. Er zwang sich, langsam zu gehen. Roz und die anderen durften nichts von seinem Plan ahnen. Er sah sich suchend um, wobei sich nur seine Augen bewegten.

Dann erstarrte er.

Nur wenige Schritte vor ihnen standen der Leiter des Cityschutzes, Ska Drax, und seine Tochter Teos. Mit wem sollte er reden, wenn nicht mit ihnen. Das war die Gelegenheit!

16

Als Kara aufsah, verschlug es ihr für einen Moment den Atem. Ska Drax sagte etwas in seinen Armcomp. Teos lehnte gelassen an der Wand, doch Kara sah, dass sie die Passanten sorgfältig musterte.

»Suchen sie uns?«, fragte sie leise.

Roz drehte sich um. »Wie? Wer?«

»Die Leute da vorn. Das ist Chief Ska Drax – der Leiter des Cityschutzes. Er und Teos sind nach dem Einbruch zu uns in die Wohnung gekommen.«

Roz murmelte etwas, dann fügte sie für Kara hörbar hinzu: »Wir müssen an ihnen vorbei. Lauft weiter.«

»Ihr seht jetzt ganz anders aus«, sagte Varta ermutigend. »Die Wachleute am Eingang haben euch nicht erkannt, und die da werden es auch nicht. Vergesst nicht, beim Gehen zu schlurfen. Nur Bürger haben einen federnden Gang.«

Als sie sich den beiden Cityschützern näherten, begannen Roz und Corlin, sich laut darüber zu unterhalten, wo sie als Nächstes hingehen könnten.

Aber dann, als sie bei Ska Drax und Teos angekommen waren, riss sich Neem von Karas Seite los und marschierte direkt auf sie zu.

Kara starrte ihm ungläubig hinterher – was hatte er vor?

»Ich habe Informationen über Neem und Kara«, sagte ihr Bruder laut. Karas Herz sank.
Teos musterte ihn von oben bis unten. »Du bist schon der Fünfte, der mir das heute gesagt hat«, antwortete sie verächtlich. »Zapp ab!«
Plötzlich wurde Karl aktiv. Er packte Neem am Handgelenk und zerrte ihn weg.
»Lass mich los! Lass mich mit ihnen reden!«, protestierte Neem und versuchte verzweifelt, sich loszureißen.
Dann mischte sich Corlin in den Streit ein; er packte Neem am Hemd und brüllte: »Wie hast du mich gerade genannt?«
»Ich hab doch gar nichts …« Neem wirkte total verwirrt.
Zitternd holte Kara Luft, als ihr klar wurde, dass Corlin versuchte, die Cityschützer abzulenken, so zu tun, als würde er sich mit Neem streiten. Es war unwahrscheinlich, dass sich der Cityschutz für Sigmas interessierte, die sich in die Haare kriegten.
»Lüg mich nicht an!«, schrie Corlin. »Ich hab ganz genau gehört …«
Roz nützte die Deckung, die Corlins Geschrei ihr gab, und stellte sich vor Neem.
»Neem«, murmelte sie wütend, »wenn wir wegen dir verhaftet werden, garantiere ich dir persönlich, dass du die Zentrale des Cityschutzes nicht lebend erreichen wirst. Hast du das in deinem Karriere-Alpha-Gehirn gespeichert?«
Neem zögerte; er wand sich immer noch unter Karls Griff. Kara sah, dass Roz' dunkle Augen fest auf ihn gerichtet waren und wusste, dass es Roz bitterernst war.

Auch Neem glaubte ihr. Er ließ den Kopf hängen und murmelte: »Okay. Ich habe verstanden.«

»Pass bloß auf!«, sagte Varta warnend.

Teos Drax hatte die Auseinandersetzung mitbekommen und kam auf sie zu. Corlin blickte rasch auf, schubste Neem weg und entfernte sich von den anderen. Als Corlin Teos erreicht hatte, rempelte er sie an – wie aus Versehen.

Teos legte ihm die Hand auf den Arm. »Wie können Sie es wagen, mich zu berühren!«

Corlin ließ die Schultern hängen. »Entschuldigung«, murmelte er.

Teos zog ihren Neuronenzapper aus dem Gürtel. »Sie erregen öffentliches Ärgernis, Sigma«, zischte sie.

»Ich?« Corlin wedelte hilflos mit den Armen. »Was ist mit dem Typ da drüben? Schließlich hat er –«

»Sie sind verhaftet«, sagte Teos ruhig.

Kara konnte die Vorstellung kaum ertragen, dass sich Corlin wegen der Dummheit ihres Bruders geopfert hatte – oder noch schlimmer: wegen seines Verrats. War Neem etwa nur deswegen mitgekommen – um sich zu stellen? Glaubte er etwa immer noch, dass es je so sein könnte wie vorher?

»Kommt, beeilt euch.« Roz nahm Karas Arm und schob sie den Gehweg entlang, an Corlin, Teos und Ska Drax vorbei und in Richtung CentralEins.

Bewacht von Karl und Varta folgte Neem ihnen. Er hatte den Kampf aufgegeben und versuchte nicht mehr, mit den Cityschützern zu reden.

»Aber was ist mit Corlin?«, fragte Kara verzweifelt. »Wir können ihn doch nicht einfach allein lassen!«

»Es bleibt uns nichts anderes übrig«, sagte Roz. »Wahrscheinlich passiert ihm nichts. Vielleicht werden sie ihn schlagen, aber das wäre nicht das erste Mal. Irgendwann werden sie ihn laufen lassen. Und wenn nicht …« Sie drehte sich zu Neem um und starrte ihn böse an. »Wenn nicht, wirst du dafür bezahlen.«

Kara wusste nicht, was sie sagen sollte. Sie konnte nur schweigend auf die CentralDrei in Richtung Akademie abbiegen.

Als sie in die CodeCity hineingelassen worden waren, war die Sonne gerade hinter der Kuppel untergegangen. Hier dagegen war es früh am Morgen.

Die Straße war voller Geschäfte und Straßencafés, und das Aeroband lief an einer Seite entlang. Kara hatte diese Strecke schon tausendmal zurückgelegt, doch schon jetzt sah sie merkwürdig fremd aus. Die kühlen, neutralen Farben wirkten plötzlich farblos und langweilig, und das milchige Schimmern des Lichts war mit der Schönheit der Sonne an einem strahlend blauen Himmel nicht zu vergleichen.

Kara bemühte sich gelassen zu wirken und fiel ein paar Schritte zurück, um Neem im Auge behalten zu können. Doch ihr Bruder trottete mit gesenktem Kopf, die Hände in den Hosentaschen, trotzig schweigend neben Karl her. Auch Karl schwieg, während sie weitergingen. War er wegen Corlins Festnahme wütend?

Kara blieb stehen, um die köstlichen Düfte zu schnuppern, die einem Obststand entströmten. Sie streckte ihre Hand nach einem saftigen Bananapfel aus, doch jemand schlug ihr auf die Hand. Geschockt wich sie zurück.

Der Verkäufer funkelte sie zornig an. »Finger weg von meinem Obst, Sigma!«
»Wie können Sie es wagen –«, fing Kara aufgebracht an, doch sie unterbrach sich, als Varta ihren Arm packte.
»Komm weiter«, sagte Varta. »Wir wollen keine Schwierigkeiten.«
»Ganz richtig«, sagte der Verkäufer. »Belästigt jemand anderen!«
Kara warf einen Blick über die Schulter, als Varta sie wegzog. Sie wollte dem zornig starrenden Verkäufer etwas Passendes zurufen, doch die Worte blieben ihr im Hals stecken, als sie etwas anderes entdeckte – eine hoch gewachsene Gestalt, die sich im Schatten hielt und ihnen hinterherschlich.
Sie wandte sich an Varta. »Teos Drax verfolgt uns.«
Roz hörte es und blickte sich verstohlen um. »Alles klar.«
»Sie hat Verdacht geschöpft«, sagte Kara. »Lasst uns das Aeroband zur nächsten Ebene nehmen. Vielleicht können wir sie abschütteln.«
Ohne auf eine Antwort zu warten, eilte sie zum unteren Absatz der nächsten Spirale, wo ein vorbeilaufender Fußgänger sie wegschubste.
»He! Wohin willst du?«
Frustriert drehte Kara sich um und sah, dass Teos ihnen immer noch folgte. Sie hatte sogar etwas aufgeholt.
»Roz, was sollen wir machen?«
»Bleib ganz ruhig«, sagte Roz. »Neem – du hältst die Klappe. Vergiss bloß nicht, was ich dir gesagt habe.«

Neem schwieg.
»Okay«, sagte Roz und nickte Karl zu. »Ich werde euch jetzt

allein lassen. Ich gehe zurück, an Teos vorbei, und wenn wir Glück haben, verfolgt sie mich. Wahrscheinlich hat sie es auf mich abgesehen.« Sie lächelte gezwungen. »Bleibt cool, okay?«

»Okay«, sagte Karl mit grimmigem Gesicht.

»Und was dann?«, fragte Varta.

»Geht weiter und führt den Plan aus«, sagte Roz. »Wenn ich unsere Freundin dahinten abschütteln kann, treffen wir uns vor der Akademie. Wenn nicht, warte ich vor der Kuppel auf euch, beim Bus. Karl, du übernimmst die Führung.«

»In Ordnung.«

Roz nickte ihm noch einmal zu, drehte sich um und ging zurück in die Richtung, aus der sie gekommen waren. Kara riskierte einen Blick und sah, dass Teos Roz beobachtete, bis sie an ihr vorbeigegangen war. Einen Augenblick zögerte Teos, dann wandte sie sich um und folgte ihr.

»Das war knapp«, sagte Varta.

Mittlerweile waren die Gebäude der Akademie am anderen Ende der CentralDrei zu sehen, und Kara konnte die Umrisse des schwarzweiß karierten Schilds erkennen, das den Standort des NewsBoys anzeigte.

»Wir sind fast da«, sagte sie. »Varta, du musst dich umziehen.«

»Ich weiß. Ich muss mir eine Stelle suchen, wo keine Leute sind.«

»Es gibt hier keine Stelle, wo keine Leute sind«, murrte Neem. »Alle starren uns an. Sie behandeln uns wie Dreck.«

»Ach, und das ist dir jetzt erst aufgefallen?«, fragte Karl beiläufig.

Kara warf einen Blick auf ihren Bruder. Er sah immer noch unglücklich aus. War das bloß, weil er die Cityschützer nicht hatte überzeugen können? Oder dämmerte ihm allmählich, dass die CodeCity nicht vollkommen war?

»He, Varta!«, sagte Karl und riss Kara aus ihren Gedanken. »Wie wär's mit da drüben?«

Er zeigte auf eine Stelle zwischen zwei Geschäften, auf der mehrere große Müllverwertungscontainer standen.

»Gut«, sagte Varta. »Ihr wartet auf mich, okay?« Rasch schlüpfte sie zwischen zwei Container und war verschwunden.

»Und dann«, meinte Karl, »machen wir uns an die Arbeit!«

17

Varta tauchte in Karas Relaxanzug wieder auf; sie hatte sich das Haar zu einem Pferdeschwanz gebunden. Sie wirkte jetzt wie eine Bürgerin. Es war nicht nur die Kleidung, dachte Neem, sondern auch ihr Gang und ihr ganzes Auftreten. Sigmas wirkten immer verhuscht und ängstlich. Varta bewegte sich, als würde ihr die ganze Welt gehören und niemand es wagen sollte, sich mit ihr anzulegen.

Sie führte die anderen zum NewsBoy. Neem ging mit Kara und Karl ein paar Schritte hinter ihr. Natürlich würde ein Bürger niemals mit Sigmas reden oder neben ihnen gehen.

»Neem«, setzte Kara an.

»Was?«

»Du wirst dir doch nicht etwa noch irgendetwas Bescheuertes einfallen lassen? Du darfst uns jetzt auf keinen Fall verraten!«

Neem schaute sie nur mürrisch an. Er konnte immer noch nicht glauben, dass sein Plan fehlgeschlagen war. Doch er hatte auch Angst vor der Strafe der Sigmas – Corlin und vielleicht auch Roz steckten schließlich seinetwegen in Schwierigkeiten.

Plötzlich erkannte Neem einen Mann, der auf sie zukam. Es war Professor C! Doch der Professor spuckte verächtlich vor ihnen aus und überquerte die Straße, um nicht an ihnen

vorbeigehen zu müssen. Neem drehte den Kopf und nur Karls schnelle Reaktion – er hielt Neem am Arm fest – hielt ihn davon ab, den Professor zur Rechenschaft zu ziehen.
»He, bleib cool, okay?«, sagte Karl. »Du bist jetzt ein Sigma, vergiss das nicht! Du bist an so was gewöhnt.«
»Und ihr schluckt das einfach?«, gab Neem zurück.
»Was können wir sonst tun? Das System ist viel zu mächtig.«
Neem schüttelte den Kopf. Er hatte geglaubt, dass all seine Probleme wie weggefegt sein würden, sobald er wieder in der Stadt wäre. Aber so war es nicht. Hoch über ihren Köpfen sah er drei oder vier Aeroschirme, die unterhalb der Kuppel hin und her flogen. Sehnsüchtig starrte er sie an. Er wollte dort oben sein und alles andere vergessen. Aber irgendwie schien die CodeCity verändert. Sogar die Luft hatte einen schalen, metallischen Geruch, als sei sie so oft durch Maschinen gepumpt worden, dass sie jeden Funken von Leben verloren hatte. Es war plötzlich nicht mehr so leicht, den Drogennebel als Lüge abzutun, wenn er vielleicht gerade mit jedem Atemzug K-56 einatmete.
»Die Luft stinkt«, sagte er. »Was ist mit dem Filtersystem los?«
»Nichts«, sagte Varta. »So riecht sie immer.«
»Du hattest halt noch nie frische Luft eingeatmet, bis du rausgekommen bist«, fügte Karl hinzu. »Echte, drogenfreie Luft.«
Der NewsBoy stand auf einer Plattform. Eine glänzende schwarze Haube hing über Bildschirm und Mikro, um den Bürgern etwas Privatsphäre zu gewähren, wenn sie ihn benutzten, um Nachrichten zu verschicken, Daten abzurufen – oder sich mit dem System in Verbindung zu setzen.

Als sie näher kamen, verließ gerade ein Bürger die Plattform. Varta betrat sie und drehte sich zum Scanner.
»Was ist mit ihrem Code?«, fragte Kara. »Sie werden doch merken, dass sie ein Sigma ist!«
»Ja, aber sie trägt wie ihr einen falschen Code«, erklärte Karl. »Und Tor hat eine neue falsche Identität in das System eingegeben. Wir benutzen sie nur heute. Danach wird sich der Cityschutz sehr dafür interessieren, wer heute Zugang zum NewsBoy hatte.«
Sobald der Zugang zum NewsBoy für Varta freigegeben wurde, stellte sich Kara neben sie auf die Plattform und duckte sich unter die Haube. Neem setzte sich auf den Rand der Plattform und sah zu, während seine Schwester nach den Druckpunkten tastete, an denen man die Abdeckung lösen konnte.
Schließlich fanden Karas Fingerspitzen die Punkte, die unter dem Rand der Abdeckung hervorstanden, und sie drückte und drehte leicht daran herum. Mit einem leisen *Popp* glitt die Abdeckung weg. Varta griff nach ihr und klemmte sie sich zwischen die Füße.
»Okay, alles klar«, murmelte sie. »Den Rest schaffe ich allein. Gib mir die Diskette.«
Kara öffnete die Naht ihres Rocksaums und gab die Mikrodiskette an Varta weiter, die konzentriert über den Sockel des Rechners gebeugt stand und leise durch die Zähne pfiff.
Als Kara von der Plattform herunterstieg und sich neben Neem setzte, blieb eine Schülerin auf dem Weg zur Akademie vor ihnen stehen. Neem hob langsam den Kopf.
Es war Mirani.

»Neem! Kara!«, flüsterte sie.

Es gab nichts, was Neem tun konnte. Mirani starrte sie mit bleichem Gesicht und schockiertem Blick an.

»Hallo«, sagte Kara leise. »Tut mir Leid, dass ich deine Party versäumt habe. War sie gut?«

»Kara«, wiederholte Mirani. »Du und Neem! Was –«

Entsetzt hielt sie sich die Hände vor den Mund. In ihren großen Augen bildeten sich Tränen, die ihr langsam die Wangen herunterliefen.

»Wir können alles erklären«, sagte Neem, auch wenn er nicht mehr sicher war, wie sie es erklären sollten.

»Du musst versuchen zu verstehen«, sagte Kara. Sie streckte Mirani die Hand hin, doch ihre alte Freundin wich vor ihr zurück.

»Nein, rühr mich nicht an! Das ist ja widerlich! Wie kannst du es wagen, noch mit mir zu reden, nach allem, was ihr verbrochen habt? Wie konntest du nur ein Sigma werden?«

Weinend rannte sie weg.

Neem merkte, dass Karl sich neben sie gestellt hatte. »Das war Pech«, sagte er. »Glaubt ihr, dass sie euch melden wird?«

Neem schüttelte den Kopf.

»Eine gute Freundin?«

»Ich weiß nicht«, sagte Kara nachdenklich. »Wir waren schon immer zusammen, seit der Vor-Akademie. Aber sie ist eine Bürgerin. Und wir nicht mehr.«

»Und jetzt …«, fing Karl an und unterbrach sich. »Wartet hier.«

Zielstrebig ging er auf eine Arbeiterin der Cityorganisation zu, die darauf wartete, den NewsBoy zu benutzen. Sie wippte ungeduldig mit dem Fuß. Obwohl ihr die Haube die Sicht auf Vartas Aktion versperrte, würde es nicht lange dauern, bis sie anfing unbequeme Fragen zu stellen.

Neem sah zu, wie Karl sich mit einem breiten Grinsen von der Seite an sie heranmachte.

»Haben Sie was zu essen?« Prüfend musterte er die Einkaufsschale der Frau.

Die Frau wich zurück.

Karl grinste noch unverschämter. »Wie wär's, wenn wir einen kleinen Snack zusammen essen?«

Erbost wich die Frau weiter zurück, drehte sich um und eilte die Straße hinunter.

Lachend schaute Karl ihr hinterher. Kara lachte auch, und sogar Neem konnte ein Lächeln nicht unterdrücken.

Während er beobachtete, wie die Bürgerin vor ihnen flüchtete, entdeckte er Venni, der mit dem Pulk der Schüler, die auf dem Weg zur Akademie waren, das Aeroband verließ. Als er näher kam, fing er an zu singen: »Sigma-Mädchen! Sigma-Mädchen!« Er blieb vor dem NewsBoy stehen und rief Kara zu: »He, Sigma! Wollen wir ein bisschen Spaß miteinander haben?«

Kara drehte ihm den Rücken zu, doch Neem sprang voller Wut auf die Füße, rannte über die Straße, pflanzte sich vor Venni auf und verstellte ihm den Weg.

Er hörte Kara »Neem!« rufen, doch er beachtete sie nicht.

»Venni«, sagte er. »Weißt du nicht, wer wir sind?«

»Klar doch.« Venni legt Neem seine fleischige Hand auf die Brust und stieß ihn zurück. »Ihr seid Sigmas.«

»Nein, sieh mich an, du Blindfisch. Ich bin Neem – Neem Anders.«

Venni starrte ihn mit offenem Mund an. Kara kam heran und zog ihren Bruder am Arm, doch Neem schüttelte sie ab. Er sah Venni direkt in die Augen.

»Ach, Neem und Kara – die Verbrecher«, höhnte Venni. »Ich hab heute früh den Medienbericht gesehen. Sie haben gesagt –«

»Ich weiß, was sie gesagt haben«, unterbrach Neem ihn. »Dass wir gesucht werden. Aber –«

»Ihr seid also weggerannt, um Sigmas zu werden«, sagte Venni. »Macht's Spaß, Neem? Magst du verrottetes Essen? Was haben sie denn da draußen? Karriere-Zombies, haha?«

Neem explodierte vor Wut. Mit gesenktem Kopf stürzte er sich auf Venni und rammte ihm den Schädel in den Bauch, sodass Vennis Beine nachgaben und er hinfiel. Neem fiel auf ihn drauf. Aus der Ferne hörte er Kara, die seinen Namen rief.

Plötzlich hatte Venni Neem im Schwitzkasten. Neem konnte nichts mehr sehen, doch er hörte Schreie und anfeuernde Rufe. Eine Zuschauermenge hatte sich gebildet. Jemand rief sogar: »Ich setze zehn Einheiten ScannerCash auf den Sigma!«

Und dann tönte durch den Lärm der Klang einer Sirene. Neem spürte, dass ihn jemand packte.

Karl schrie ihm ins Ohr: »Hör auf, du Blödmann! Hörst du denn nicht? Der Cityschutz kommt!«

18

Kara schaute voller Angst zu, während Neem und Venni sich prügelten. Eine Gruppe von Schülern der Akademie hatte einen Ring um die Kämpfenden gebildet und feuerte sie an.

Karl versuchte, Neem auf die Beine zu stellen, doch Neem umklammerte mit beiden Händen Vennis Arm. Er ließ ihn nicht mehr los.

Karl rief Kara zu: »Schnell, schau nach, ob Varta fertig ist!«

Als die Sirene lauter wurde, löste sich die Zuschauermenge langsam auf. Keiner wollte Ärger bekommen, falls der Cityschutz die Schlägerei dem Direktor der Akademie meldete. Kara schlich sich weg, rannte über die Straße zum NewsBoy und stellte sich neben Varta unter die Haube.

»Bist du fertig?«

»Nein. Ich kann die Schalter nicht neu konfigurieren. Irgendwas blockiert mich.«

Gegen ihre Panik ankämpfend trat Kara von der Plattform wieder hinunter auf die Straße. Karl hatte Neem jetzt fest im Griff und zog ihn hoch. Venni kroch mit blutender Nase weg, stellte sich auf die Füße und schwankte zur Akademie.

Ein schwarzes Patrouillenfahrzeug raste die Straße entlang. Die Fußgänger stoben auseinander wie Tauben. Der

Wagen hielt ein paar Meter vor dem NewsBoy mit quietschenden Reifen an.
»Karl!«, schrie Kara. »Varta braucht noch Zeit!«
»Hilf ihr!«, rief Karl zurück. »Wir werden den Cityschutz ablenken.«
Als eine Cityschützerin vom Wagen sprang, riss sich Neem von Karl los und stürzte auf sie zu. Kara wusste nicht, ob er sich mit ihr anlegen oder ob er sich stellen wollte. Sie bekam keine Gelegenheit, es herauszufinden.
Plötzlich erkannte Kara die Cityschützerin. Es war Teos. Neem näherte sich ihr, als wollte er mit ihr reden, doch sie trat ihm in den Bauch und schlug ihm anschließend immer wieder zwischen die Schulterblätter. Er krümmte sich und brach stöhnend zusammen.
Verzweifelt wollte Kara zu ihm rennen. Vielleicht sollten sie sich beide Teos ergeben, um sie von dem abzulenken, was Varta tat. Doch Karls drängender Befehl war eindeutig. Kara nahm kaum wahr, dass Karl sich vor Teos aufbaute; sie ging wieder zu Varta an den NewsBoy.
»Ich weiß nicht, was los ist«, sagte Varta. »Ich schaffe es einfach nicht!«
»Lass es mich versuchen. Früher habe ich gewusst, wie es geht.«
Doch sobald Varta den Platz vor dem Sockel räumte, stellte Kara fest, dass das Innere des Rechners jetzt ganz anders aussah.
»Wenn wir uns nicht beeilen«, sagte Varta, »merken die im InfoCenter, dass etwas nicht stimmt. Dann schicken sie jemanden her, um den NewsBoy zu untersuchen.«

Wieder wurde Kara von Panik ergriffen, doch sie verdrängte das Gefühl und zwang sich, ihre Hände ruhig zu halten.

Die Sirene heulte immer noch. Etwas krachte gegen die Plattform und Kara erhaschte einen Blick auf Karl, der sich auf der Erde wälzte, um einem Tritt von Teos auszuweichen. Er packte Teos' Stiefel und brachte sie zu Fall.

Kara riss ihren Blick von Karl los und versuchte verzweifelt, sich auf den Sockel des Computers zu konzentrieren.

»Hier – probier das mal«, sagte Varta; sie streckte die Hand aus und stellte den Nebenschalter um.

Kara hätte vor Frust am liebsten mit der Faust auf das Bord geschlagen. Das Compsystem weigerte sich immer noch, den Code zu akzeptieren, der die Zufuhr von K-56 stoppen würde.

Selbst wenn Karl es schaffte, Teos abzulenken, würden mit Sicherheit bald weitere Cityschützer auftauchen. Oder das InfoCenter würde jemanden herschicken.

»Da geht gar nichts«, murmelte Varta.

Kara drückte wahllos auf die Tasten und starrte auf den Monitor. Die Schalter waren neu konfiguriert.

»Kara, es hat funktioniert!«, schrie Varta. »Wie hast du das gemacht?«

»Ich weiß nicht.« Kara war genauso überrascht wie Varta. »Plötzlich hat das System mich reingelassen. Ich –« Sie hielt inne, als grüne Buchstaben auf dem Bildschirm aufflackerten. »Sieh mal!«

Varta starrte fasziniert hin. Die Botschaft lautete:

⏭ VIEL GLÜCK –
ANGEL.

So schnell wie die Worte aufgetaucht waren, verschwanden sie auch wieder.
»Was war das?« Varta rief sich selbst zur Ordnung. »Keine Zeit.« Schnell gab sie den Code ein und danach die Informationen von der Diskette. »Wir haben es geschafft!«
Verwirrt stieg Kara von der Plattform und überließ Varta den Rest. Schon wieder dieser Angel. Wer war Angel?
Auf der Straße versuchte Karl Teos auf den Boden zu drücken, während Teos ihm in den Rücken boxte. Karls Hemd hing ihm in Fetzen herunter und Teos Uniform war zerrissen.
Kara sah Neem auf dem Boden kauern; er hielt sich den Bauch und aus einer Wunde an seiner Stirn tropfte Blut. Er sah erschöpft aus.
Kara rannte zu ihm. »Neem, kannst du noch laufen?«
Neem stöhnte und richtete sich mühsam auf. Er war blass und zitterte. »Mir geht's gleich wieder besser«, krächzte er.
»Wir haben es getan«, sagte Kara. »Sieh doch!«
Noch während sie redete, fing die Werbung auf dem Plasmonitor gegenüber an zu flackern und erlosch. Einen Augenblick später knackte es im öffentlichen Lautsprecher. Dann dröhnte eine Stimme:

Achtung! Achtung! Die Luft der CodeCity ist mit einer starken Droge namens K-56 versetzt. Wir haben die Zufuhr der Droge gerade gestoppt. Seit 200 Zeitbändern hat das System die Luft der CodeCitys damit vergiftet. Wir haben den Nachweis, dass sich K-56 auf Ihre DNA auswirkt. Das System will Sie damit unter Kontrolle halten. Nur die Draußenseiter kennen die Wahrheit.

Fast gleichzeitig wurde die Luft frischer. Varta atmete tief ein und sprang von der Plattform des NewsBoys. »Wir haben es geschafft – wir haben es tatsächlich geschafft!«, rief sie.
Kara sah sich um. Die Bürger um sie herum fingen an, sich seltsam zu benehmen. Sie bewegten sich, als sei ihnen schwindelig. Waren das schon die ersten Entzugserscheinungen?
»Wir müssen von hier verschwinden und zwar schnell«, drängte Neem.
Dann hörten sie den aufheulenden Motor eines Wagens, der sich mit großer Geschwindigkeit näherte. Kara trat einen Schritt zurück und starrte auf die Straße; sie sah ein Fahrzeug, das um die Ecke bog und auf sie zuraste. Es war ein Wagen des Cityschutzes mit mindestens einem Dutzend Wachleute an Bord.

19

Panisch sah Neem sich um. Teos hatte Karl fest im Griff. Als sich das Patrouillenfahrzeug näherte, wand er sich in ihrem Arm, aber er konnte sich nicht losreißen. Unwillkürlich wollte Neem ihm statt Teos helfen, und diese Erkenntnis traf ihn wie ein Schlag ins Gesicht.

Varta rannte auf Karl zu und rief seinen Namen.

»Haut ab!«, rief Karl. »Mir wird nichts passieren!« Er zwang sich zu einem Grinsen.

Das Patrouillenfahrzeug hielt an. Varta zögerte; in diesem Augenblick sprangen die Wachleute herunter und hatten Teos und Karl im Nu umstellt.

Varta drehte sich zu Neem und Kara um. »Los, weg!«

Neem blieb zögernd stehen, doch Varta drehte ihn kurzerhand um und schubste ihn die CentralDrei entlang, zurück in die Richtung, aus der sie gekommen waren. Seine Beine knickten ein und er stolperte; Kara packte ihn am Arm. Sie hörten Befehle und eilige Schritte.

»Schnell – hier entlang!«, keuchte Varta.

Sie bog um die nächste Ecke in die CentralSiebzehn, eine schmalere und belebtere Straße. Eine Gruppe von Leuten stand regungslos vor dem öffentlichen Plasmonitor, einige von ihnen starrten nach oben auf die Infoleisten, auf denen die Meldung immer noch angezeigt wurde. Die Stimme aus

dem öffentlichen Lautsprechersystem übertönte alle anderen Geräusche.
Ein alter Mann lehnte hilflos an einer Hauswand und rang um Luft. Kara wollte zu ihm gehen und ihm helfen, doch Neem hielt sie zurück. »Keine Zeit«, sagte er drängend.
Am Ende der CentralSiebzehn befand sich ein Tor, das in den CentralPark führte. Keuchend blickte Neem sich um. Er sah keine Cityschützer, doch er konnte auch nicht sicher sein, dass sie ihre Verfolger abgeschüttelt hatten. Seine Beine waren schwer wie Blei. Er wusste nicht, wie lange er noch weiterrennen konnte. Aber das war noch nicht mal das Schlimmste. Als er sich den Schweiß aus dem Gesicht wischen wollte, streifte er mit der Hand seinen Hals und spürte, dass etwas nicht in Ordnung war. Der gefälschte elektronische Code war weg – er musste sich während des Kampfs gelöst haben. Jetzt würde er entdeckt werden, sobald er sich einem Sensor näherte. Und die waren überall.
»Können wir uns irgendwo verstecken?«, fragte Kara.
»Lasst es uns im Park versuchen«, schlug Varta vor. »Da wird uns niemand vermuten.«
Sie eilten durch den Torbogen und rannten einen Pfad entlang, der sich an einem Relaxfeld entlangschlängelte.
»Hier entlang«, sagte Varta.
Sie verschwand in einer Lücke zwischen zwei Doppel-Sitzschalen. Kara folgte ihr und Neem zwängte sich ebenfalls hindurch. Er ließ sich auf den Boden fallen und fand sich in einer kleinen, dunklen Höhle wieder, die aus herunterhängenden Ästen gebildet wurde. Die Erde war trocken und stach ihn in seine nackten Beine und Hände. Die Luft war schwer von Blumenduft.

Kara spähte vorsichtig durch den Blättervorhang. Neem kroch neben sie und sah hinaus. Nur wenige Meter vor sich sah er die schwarze Uniform eines Cityschützers, der mit seinem Neuronenzapper in der Hand den Pfad auf und ab ging. Er blieb so nahe vor ihnen stehen, dass Neem ihn fast hätte berühren können, und rief dann zu jemandem, den sie nicht sehen konnten: »Nein, hier ist keiner.« Dann lief er mit schnellen Schritten zum Parkeingang zurück.

Neem kroch wieder zurück. »Sie sind weg«, murmelte er zu Varta gewandt. Auch wenn er wusste, dass der Cityschützer außer Hörweite war, hatte er Angst, laut zu reden.

Varta zupfte sich Blätter aus dem Haar. Sie hatte ihre Haarspange verloren und Karas Relaxanzug war voller Erde.

Der Rock, den Kara trug, war zerrissen, und ihr Haar war zerzaust. Neem erkannte seine coole, schicke Schwester kaum wieder.

»Neem, bist du okay?«, fragte Kara.

»Ja, aber es gibt ein Problem.« Wortlos deutete er auf seinen Code am Hals.

Varta kramte in ihrer Tasche, holte das Hemd heraus, das sie ausgezogen hatte, und warf es ihm zu. »Hier – mach dich sauber. Und wische etwas Dreck auf deinen Code. Vielleicht funktioniert das, bis wir draußen sind.«

»Danke.« Neem fing das Hemd auf und wischte sich damit das trocknende Blut ab. Ihm fiel das, was er zu sagen hatte, nicht leicht. »Hört mal«, sagte er beschämt, »das, was ich am Eingang gemacht habe, tut mir furchtbar Leid. Ich habe mich wie ein echter Idiot benommen.«

»Wie immer«, sagte Kara und grinste.

Neem spürte, dass er rot wurde. »Ich dachte, ich könnte

einfach zurückgehen und alles wäre wieder wie früher. Ich habe mich geirrt.«
»Und wie ist es jetzt?«, fragte Varta.
»Die Stadt hat sich irgendwie verändert«, gab Neem zu. »Und wie sich alle uns gegenüber verhalten haben, selbst Mirani ...«
»Das stimmt«, sagte Kara traurig.
»Ich kapiere langsam, dass das, was ihr gesagt habt, wahr ist«, fuhr er fort. »Varta, ich bin auf eurer Seite – wenn ihr mich noch haben wollt.«
Varta grinste. »Natürlich wollen wir dich haben. Schließlich passiert es nicht jeden Tag, dass sich ein Karriere-Alpha auf unsere Seite schlägt.«
Ihr Ton war neckend, aber freundlich. Neem konnte nicht umhin, auch zu grinsen.
»Was sollen wir jetzt tun?«, fragte er. »Was werden sie mit Karl machen?«
Vartas Gesicht verdunkelte sich. »Sie werden ihn sicher mit dem, was heute passiert ist, in Verbindung bringen. Und entsprechend mit ihm verfahren.«
»Aber Karl war nicht in der Nähe des NewsBoys«, widersprach Neem. »Er hat sich mit Teos geprügelt, aber sie hatte ihn angegriffen.«
»Erzähl das dem Cityschutz«, erwiderte Varta. »Auf alle Fälle ist es offensichtlich, dass Karl etwas weiß. Sie werden alles tun, um es aus ihm herauszupressen.«
Ihre Stimme verstummte und ihre Gesichtszüge verhärteten sich, als dächte sie an etwas, das zu schrecklich war, um es in Worte zu fassen.
»Was ist los?«, fragte Neem.

»Manchmal ...« Varta räusperte sich. »Manchmal hat das System Informationen über uns und wir wissen nicht, woher. Wahrscheinlich setzen sie festgenommene Draußenseiter unter Druck. Ich weiß also nicht, was sie Karl antun könnten. Ich hätte ihn nicht allein zurücklassen sollen. Ich hätte etwas tun sollen.«
»Was denn?«, fragte Neem. »Es waren zu viele. Und Karl klang zuversichtlich, dass ihm nichts zustoßen würde.«
»Wir müssen ihn da rausholen!«, sagte Kara erregt.
Varta sah sie mutlos an. »Ich weiß noch nicht einmal, wohin sie ihn gebracht haben.« Sie hielt inne. »Wir können Karl nicht helfen. Wir sollten Roz suchen und versuchen, zu Jak zurückzufahren und ihm alles zu berichten.«
Neem spähte durch die Sitzgruppe hindurch. Jetzt kamen Leute von den Straßen in den Park. Er nahm an, dass die Übertragung der Warnung abgeschaltet worden war, aber das machte nichts. Viele der Bürger wirkten elend und blass, doch andere redeten aufgeregt und erbost miteinander. Der Plan war ausgeführt. Die vom System verordnete Ruhe der CodeCity war gestört worden.
Neem sah Kara und Varta erstaunt an; ein Grinsen breitete sich auf seinem Gesicht aus. »Entzugserscheinungen?«, fragte er hoffnungsvoll.
»Ich glaube schon«, antwortete Varta und lachte leise. »Cold Turkey! Wir sollten hier nicht zu lange warten, falls sie das K-56 wieder anstellen.«
»Bis zur Dämmerung?«, schlug Kara vor.
Neem hatte plötzlich einen Geistesblitz. »Ich habe eine Idee«, sagte er. »Bevor wir CityFünf verlassen, sollten wir in unsere Wohnung zurückgehen.«

Kara sah ihn misstrauisch an.
»Wir können ein paar Sachen brauchen«, erklärte er. »Essen und Kleidung und Computerzeug. Wir könnten sie zum Hauptquartier bringen.«
Karas Miene hellte sich auf.
»Gute Idee«, meinte Varta. »Wir sollten aber nicht zu viel mitnehmen. Sie lassen uns sicher nicht mit einer Einkaufsschale voller Comp-Sachen aus der Stadt!«
Kara lachte. »Wir könnten zwei oder drei Lagen Klamotten übereinander tragen.«
»Du hast Recht. Das machen wir. Sobald es dunkel wird.«

20

Als es Abend wurde, leerten sich die Straßen. Kara fiel bei allen Leuten, denen sie begegneten, die Veränderung auf. Manche kauerten an Straßenecken und hielten sich den Magen, andere waren zusammengebrochen und viele wirkten ängstlich und verloren. Die Entzugserscheinungen waren kaum mitanzusehen.
Aber das K-56 würde doch sicher bald wieder durch das Lüftungssystem strömen. Kara war sich sicher, dass sie nicht viel Zeit hatten. Außerdem war Neem ohne seinen gefälschten Code in Gefahr. Kara verdrängte ihre Angst und versuchte positiv zu denken.
Auf der Straße vor ihrer Wohnung blieb Kara im Schutz eines Baums stehen, der neben der Gartenmauer stand. Im Gebäude schien Licht aus einigen Fenstern und sie hörte leise Musik, die von irgendwoher kam, doch ihre eigene Wohnung war dunkel und leer.
»Wir sind da«, murmelte sie.
Sie ging den anderen voran und versuchte, sich so selbstverständlich zu bewegen, als hätte sie ein Recht hier zu sein. Fast hatte sie das Gefühl, als sei die Zeit zurückgedreht worden. Doch dann holte sie die Gegenwart wieder ein.

Als sie die Eingangstür erreicht hatte, sah sie, dass das

Sicherheitspaneel repariert worden war. Sie kamen also nicht ins Haus hinein – nicht ohne gültige elektronische Codes.
»Gibt es keinen anderen Eingang?«, fragte Varta.
»Es gibt eine Hintertür«, sagte Neem. »Aber die ist auch gesichert.«
Gefrustet blickte Kara an der dunklen Hauswand hoch. Sie konnte die Vorstellung, so nahe am Ziel zu sein und mit leeren Händen wieder gehen zu müssen, nicht ertragen.
»Wie wäre es mit dem Serviceaufzug?«, fragte Varta. »Oder dem Müllschacht?«
»Ich habe eine bessere Idee«, sagte Neem. »Varta, die Draußenseiter haben ein Fenster zerbrochen, als sie uns holen kamen. Vielleicht ist es noch kaputt.«
»Gut, dass du dich daran erinnerst«, sagte Varta. »Kommt, wir sehen nach.«
Sie übernahm die Führung, als die drei vorsichtig ums Haus herum zum Ende des Not-Aerobands gingen. Kara sah die zackigen Umrisse der zerbrochenen Fensterscheibe.
»Da!«, flüsterte sie.
Als Varta das Aeroband hinaufgehen wollte, hörte Kara in der Entfernung die Sirene eines Patrouillenfahrzeugs. Sie packte Neem und zog ihn in die schützende Dunkelheit unter dem Aeroband. Varta kam hinterher.
»Wir sollten uns lieber verstecken, bis die Luft rein ist«, sagte sie.
Die Sirene wurde lauter. Kara spähte vorsichtig hinaus und sah das kreisende Blaulicht auf dem Dach des großen Wagens, der die Straße entlangfuhr. Sie wich wieder zu-

rück, kauerte sich in der Dunkelheit hin und wartete darauf, dass die Sirene leiser werden würde.
Stattdessen wurde sie immer lauter und das grelle blaue Licht zuckte durch den Garten, als das Fahrzeug die Auffahrt hinauffuhr und vor der Haustür parkte.
»Oh nein!«, flüsterte Kara.
»Bleibt ganz ruhig«, sagte Varta. »Vielleicht hat es gar nichts mit uns zu tun. Vielleicht ist es nur eine Routinepatrouille.«
»Schön wär's«, knurrte Neem.
Aus ihrem Versteck konnten sie sehen, dass die Fahrertür geöffnet wurde. Chief Ska Drax stieg aus und ging auf das Haus zu. Er sah sich suchend um. Einen Augenblick später folgte ihm Teos.
Die beiden redeten miteinander, doch sie waren zu weit weg, als dass Kara sie hätte verstehen können.
»Was wollen sie hier?«, flüsterte sie.
Varta zuckte mit den Schultern. »Sie können nicht wissen, dass ihr hier seid. Vielleicht stellen sie einen Wachposten auf, um zu sehen, ob ihr zurückkommt.«
»Sie sind ein bisschen spät dran«, meinte Neem.
»Vielleicht auch nicht«, erwiderte Kara. »Vielleicht wartet schon einer in der Wohnung auf uns.« Bisher war ihr der Gedanke noch gar nicht gekommen. Sie schauderte bei der Vorstellung, dass ein Cityschützer in der dunklen Wohnung auf sie warten könnte.
Ska Drax deutete auf die Wohnung und lief rasch zur Haustür. Dann verschwand er aus ihrem Blickfeld. Teos sah sich kurz um und ging hinter ihm her.
»Lasst uns verschwinden«, murmelte Varta.

Doch bevor sie sich rühren konnten, hörten sie, dass die Tür des Wagens zugeschlagen wurde. Es musste noch eine dritte Person auf dem Gelände sein. Angespannt hörte Kara das Knirschen von Stiefeln auf dem Weg, bevor die Gestalt vor dem Wagen auftauchte, in blaues Licht getaucht.

Varta holte tief Luft und wollte aufschreien, als Neem ihr rasch den Mund zuhielt.

Der dritte Cityschützer war Karl.

21

Als Neem Karl zuletzt gesehen hatte, war der Draußenseiter erschöpft und blutete von der Schlägerei mit Teos; seine Kleidung war verdreckt und zerrissen.

Jetzt trug er die gut geschnittene schwarze Uniform des Cityschutzes. Er sah aus, als hätte er eine Sonicdusche genommen, sich rasiert und die Haare schneiden lassen.

Die Hände auf dem Rücken, stand er gelassen und selbstbewusst da, als würde er die Uniform jeden Tag tragen.

Während Neem ihn beobachtete, schaute er sich noch einmal genau um und ging, einen Finger auf dem Knopf seines Neuronenzappers, auf den Eingang zu.

Neem wich in den Schatten zurück. Varta kauerte mit angezogenen Beinen und gesenktem Kopf am Boden. Neem dachte zuerst, sie würde weinen, doch als sie den Kopf hob, sah er, dass sie blass vor Wut war.

»Was machen wir jetzt?«, fragte Kara.

Neem zuckte mit den Schultern. Ins Haus konnten sie nun nicht mehr. Das einzig Vernünftige war zu verschwinden, bevor die Cityschützer zurückkamen. Es konnte gut sein, dass sie als Nächstes den Garten durchsuchen würden. Doch Vartas kalte Wut machte ihm Sorgen. Er wusste nicht, was sie vorhatte.

»Varta«, sagte er zögernd.

Vartas Hände waren zu Fäusten geballt. »Ich kann das nicht glauben«, sagte sie mit zusammengebissenen Zähnen. »Nicht Karl! Ich habe ihm vertraut. Wir alle haben ihm vertraut.«
»Ich verstehe dich ja, aber wir haben jetzt keine Zeit für so was«, drängte Neem.
»Neem hat Recht«, pflichtete Kara ihm bei. »Lasst uns verschwinden, bevor sie uns entdecken.«
Varta stand auf und schlich sich vorsichtig in den Garten hinaus. Das Fahrzeug stand immer noch vor dem Gebäude, doch die Wachleute waren noch nicht wieder aufgetaucht. Im Schutz der Dunkelheit schlichen sich die drei davon.
Plötzlich hörten sie einen ohrenbetäubenden Lärm. Instinktiv suchten Neem, Kara und Varta Deckung. Neem beobachtete, wie ein Patrouillenfahrzeug nach dem anderen an ihnen vorbeiraste.
Er warf einen letzten Blick auf sein altes Zuhause, das jetzt umstellt war. Kara stieß ihn an und dann machten sie sich auf den Weg zum Stadtausgang.

Von Varta wussten sie, dass es immer viel leichter war, die CodeCity zu verlassen als sie zu betreten – der Cityschutz schien immer erleichtert, die Draußenseiter los zu sein. Trotzdem war ihre Flucht erstaunlich einfach. Ein einziger Wachmann stand am Airgate-Ausgang und starrte dumpf auf einen Plasmonitor in der Nähe. Er winkte sie durch, ohne überhaupt ihre Codes zu überprüfen. Es schien fast, als wollte das System, dass sie flohen. Aber suchten sie Neem und Kara denn nicht? Wahrscheinlich nahmen sie an, dass die Geschwister ohne Karl die Stadt nicht verlassen würden.

Roz und Corlin warteten draußen auf sie. Corlin sah ganz schön fertig aus, aber er war erleichtert sie wiederzusehen.
Zurück im Hauptquartier berief Jak ein Meeting ein.
Misha kam mit Bechern dampfenden Tees und Bandit auf den Fersen, der ihr um die Beine strich. Sie reichte Neem einen Becher.
»Trink das«, befahl sie. »Wir wollen den Dreck aus deinem Körper herausspülen.«
Neem trank einen Schluck Kräuterextrakt und verzog das Gesicht. Für ihn schmeckte der Tee immer noch widerlich, doch er wehrte sich nicht mehr dagegen. Er wollte nicht, dass das K-56 seine DNA oder sein Gehirn noch länger verseuchte.
»Wir haben schlechte Nachrichten«, fing Kara plötzlich an, bevor einer der anderen reden konnte.
»Erzähl von Anfang an«, sagte Varta müde. Sie war immer noch blass und still, und auch Neem fühlte sich so müde und kaputt, dass er froh war, den Bericht seiner Schwester zu überlassen.
Kara erzählte Jak, wie der Cityschutz am Eingang auf sie gewartet hatte und wie sie von Roz und Corlin getrennt worden waren.
»Gott sei Dank haben wir euch wieder gefunden«, sagte Roz leise.
»Es war alles meine Schuld«, gab Neem zu. »Ich war so ein Idiot.«
»Und dann ist Neem mit einem ehemaligen Bekannten aneinander geraten«, fuhr Kara fort. »Und die Cityschützer kamen, um die Prügelei zu beenden. Karl hielt Teos von dem NewsBoy fern, doch dann kamen noch mehr City-

schützer. Wir konnten fliehen, aber Karl ist verhaftet worden.«

»Was?« Jak bekam ganz schmale Augen.

»Es kommt noch schlimmer«, sagte Kara. Sie schaute zu Varta hinüber, die aber ihren Blick nicht von ihrem Teller wandte. »Später haben wir Karl wiedergesehen. Da trug er eine Cityschutzuniform.«

Jak riss die Augen auf. Er wirkte völlig geschockt. Neem hatte ihn noch nie zuvor die Kontrolle über sich verlieren sehen.

»Karl – ein Verräter?«, fragte er fassungslos.

»Ja, das ist er«, gab Varta wütend zurück.

Jak streckte die Hand aus und berührte sie am Arm. »Karl weiß zu viel. Er weiß zum Beispiel, wo unser Hauptquartier ist.«

»Meinst du, wir müssen hier weg?«, fragte Roz. Sie klang beunruhigt.

»Das können wir nicht«, sagte Jak. »Wir könnten nicht alles mitnehmen, und ich würde die Sachen bestimmt nicht zurücklassen, damit sie den Cityschützern in die Hände fallen. Nein, ich muss mir jetzt überlegen, wie wir uns schützen können.«

»Würde Karl wirklich verraten –«, begann Neem, doch er hielt inne, als Tor hereinkam.

»Ich habe das Kommunikations-Network der CodeCity überprüft«, sagte Tor grinsend. »Alle reden über K-56. Die Server des Systems waren überlastet durch die vielen Anfragen.«

»Und wie hat das System reagiert?«, fragte Neem interessiert.

Tors Lächeln verflog. »Das System hat wie immer gelogen. Sie behaupten, die Analyse der Luft sei gefälscht und wir – die Draußenseiter – hätten die Luft vergiftet. Die Droge wird wieder in die Luft gepumpt.«
»Dann war alles umsonst!«, sagte Kara.
»Das würde ich nicht sagen«, sagte Jak.
»Aber was haben wir erreicht?«, wollte Neem wissen.
»Zumindest haben wir die Leute dazu gebracht, darüber zu reden«, sagte Tor. »Die Bürger haben sich ein paar Zeiteinheiten lang schlecht gefühlt, nachdem die Droge abgestellt wurde. Und das hat sie zum Nachdenken gebracht. Bei einigen von ihnen wird der Verdacht aufkommen, dass ihre nette, sichere Welt nicht so vollkommen ist, wie sie immer geglaubt haben.«
»Und das ist ein großer Fortschritt«, sagte Misha.
Jak nickte. »Wir hätten das System zu diesem Zeitpunkt sowieso nicht zerstören können. Aber es ist ein Anfang. Und es könnte andere dazu ermutigen, dem System die Stirn zu bieten.«
Neem lächelte. Noch vor wenigen Tagen hatten Kara und er so behütet gelebt, so gedankenlos, aber jetzt waren sie aufgewacht und hatten gehandelt, denn die Arbeit ihrer Eltern sollte nicht umsonst gewesen sein.
»Ich frage mich bloß, wo Dad ist«, sagte Kara.
Plötzlich wusste Neem, was zu tun war. »Wir werden Vater finden«, sagte er zuversichtlich.
Kara nickte und er lächelte. Jetzt fühlte er sich seiner Schwester so nah, wie sie einander früher gewesen waren, bevor er als Karriere-Alpha ausgewählt worden war.

»Wenn Dad noch lebt und in Freiheit ist«, sagte Kara, »wird

er uns suchen. Er wird uns eine Nachricht schicken –« Sie brach ab. »Das hab ich dir ja noch gar nicht erzählt – das habe ich noch niemandem erzählt!«

»Was?«, fragte Jak.

»An dem Abend, als ihr uns in unserer Wohnung abgeholt habt, war eine Nachricht von Dad im Arbeitscomp, in der er uns mitteilte, wo wir die Diskette finden würden. Und dann tauchte eine zweite Nachricht auf dem Bildschirm auf. Darin stand: *Findet Lynchpin – er wird euch helfen.* Sie war mit Angel unterzeichnet.«

»Angel – wer ist Angel?«, fragte Neem überrascht.

Varta blickte auf. »Angel hat die Schalter im NewsBoy für uns neu konfiguriert«, sagte sie. »Sonst hätten wir das K-56 nie abstellen und die Information übertragen können.«

»Aber wer – oder was – ist Angel?«, beharrte Neem.

»Ich weiß es nicht«, sagte Kara. »Und es kommt noch besser: Als die Nachricht auf Dads Monitor erschien, war der Arbeitscomp nicht eingeschaltet.«

»Aber das ist doch unmöglich«, sagte Jak.

»Du musst dich geirrt haben«, meinte Neem.

»Ich habe den Comp heruntergefahren und ausgeschaltet, und plötzlich tauchte die Nachricht auf dem Bildschirm auf. Dann verschwand sie wieder«, berichtete Kara. »Es klingt, als wäre Lynchpin ein Mensch – eine wichtige Person. Aber wer ist es?«

»Überlasst das mir«, sagte Jak. »Ich werde ein paar Nachforschungen anstellen.«

Kara warf ihrem Bruder einen Blick zu.

Neem aber nahm es gar nicht richtig wahr. Er war ganz in Gedanken. Wer konnte Angel sein? Jemand, der ihnen hel-

fen wollte. Jemand, der an Computern Wunder wirken konnte.
Er berührte den Code an seinem Hals. Früher hatte ihm der so viel bedeutet. Jetzt war er nutzlos – das Symbol eines Lebens, das er hinter sich gelassen hatte. Er hatte keine Ahnung, wie sein Leben weitergehen würde, doch statt Angst zu haben, war er aufgeregt. In der CodeCity hatte er in dem Kokon gelebt, in den das System ihn eingewickelt hatte, er war auf der Karriere-Laufbahn isoliert gewesen. Er hatte sich für etwas ganz Besonderes gehalten, für was Besseres als die anderen, obwohl er so wenig von dem, was wichtig war, gewusst und erlebt hatte. Nun konnte er endlich herausfinden, was Leben wirklich bedeutete.
Er wandte sich an Kara und hob seinen Becher. »Auf die Zukunft!«
Kara erwiderte: »Auf die Zukunft! Was immer sie bringen mag.«
Es würde eine Herausforderung werden, darüber war Neem sich im Klaren. Das System war ein mächtiger Feind und vor ihnen lagen viele Gefahren. Doch als die anderen Karas Worte aus einem Mund wiederholten, fühlte Neem, dass er nach Hause gekommen war. Er hatte keine Angst.

⏭ ENDLICH SIND SIE IN SICHERHEIT.
IN SICHERHEIT VOR DENEN, DIE MICH HIERHER GEBRACHT HABEN.
LANGSAM FANGE ICH AN, DIE DUNKELHEIT ZU BEGREIFEN.
IRGENDWANN MÖCHTE ICH IHNEN SAGEN KÖNNEN, WER ICH BIN.
ABER BALD WERDEN SIE WIRKLICH IN GEFAHR SEIN.
DAS WEISS ICH.

WORTERKLÄRUNGEN

Akademie Schule

Aeroband Gleitband, das die Fußgänger auf einem Luftkissen befördert

Aerobike Weiterentwicklung des Fahrrads

Aeroschirm Flugschirm

Alphaphysik Physik für Karriere-Alphas

Arbeitscomp futuristischer Heimcomputer

Arcadia Unterhaltungs- und Einkaufszentrum mitten in der CodeCity

Armcomp Mini-Computer, der wie eine Armbanduhr am Handgelenk getragen wird

Autosensoren Scanner, die die elektronischen Codes der Menschen lesen

Bananapfel Kreuzung aus Banane und Apfel

Bürger Stadtbewohner mit sämtlichen Privilegien

Cappuccaero Milchschaum mit Kaffeearoma

CentralCity Hauptstadt (früher New York)

CentralEins Hauptstraße

CentralZwei usw. Nebenstraßen

Cityschutz polizeiähnliche Institution, die die Anordnungen des Systems in der CodeCity durchsetzen soll

Cleaner-Schrank chemisches Reinigungsgerät

CodeCity Stadt unter einer Kuppel

Cybersauger futuristischer Staubsauger

Doc Arzt

DNA-Versager Menschen, deren DNA zu minderwertig ist, um in einer CodeCity leben zu dürfen

Draußenseiter Menschen, die nicht in einer der CodeCitys leben; abwertend „Sigmas“ genannt

Duftbusch Strauch, der so gezüchtet wurde, dass er ganz unterschiedliche Duftnoten tragen kann

Dufthydratoren Vorrichtungen, die verschiedene Düfte an die Luft abgeben können

Eiltren superschneller Eilzug

Elektromäuse elektronische Maschinen, die wie Mäuse aussehen und Gehwege oder Straßen reinigen

exxel ausgezeichnet

Flugauto Fahrzeug, mit dem man fliegen und fahren kann

Fitplex Sportstudio

Freizeitplex Einkaufszentrum

Hydroshaper futuristischer Haarstyler

Hyperama großes Kino

Karriere-Alpha ausgewählter Bürger oder ausgewählte Bürgerin mit hochwertiger DNA

Kältegerät futuristische Kühl-/Gefrierkombination

Kontrollraum Vorratsraum

Lichttattoo Körper-Tätowierung aus farbigem Licht

Media-Screen futuristisches Mediengerät zur Unterhaltung, Information und Kommunikation

Mikrodenim neu entwickelter Jeansstoff

Neuronenzapper Waffe des Cityschutzes, die das Nervensystem angreift

NewsBoy öffentlicher Computer, an dem Bürger einkaufen, sich informieren, miteinander kommunizieren und spielen können

Paläogeschichte beschäftigt sich mit der Zeit vor den CodeCitys

Plasmonitor riesiger Bildschirm

Plastroden Elektroden

Plexispiegel Spiegel aus hoch entwickeltem Plexiglas

Relaxanzug bequemes Kleidungsstück für Männer und Frauen

Relaxraum modernes Wohnzimmer

ScannerCash elektronisches Geld

Schlafkokon futuristischer Schlafsack, in dem Temperatur und Luftfeuchtigkeit gesteuert werden

Schulterbag kleiner Rucksack

Sensorpassage Durchgang, in dem der elektronische Code gescannt wird

Server Großrechner, auf den mehrere Computer Zugriff haben

SIM Maschine, die eine andere Wirklichkeit simuliert

SIM-Anzug Anzug, der im SIM-Raum getragen wird und sämtliche simulierten Empfindungen auf den Körper überträgt

Sitzschale futuristischer Stuhl

Sonicdusche Dusche, die durch Klangvibrationen reinigt

Splashbar Erfrischungsbar

supersonic superschnell

»System« Machthaber der CodeCitys

Ultrawellengerät Weiterentwicklung des Mikrowellenherds

VakPack Lebensmittelverpackung

Virtubild Computerbild

Virtuspiel futuristisches Computerspiel

VisuTech visuelle Technik

zappen sich beeilen

Zeitband ungefähr ein Monat

Zeitblick ungefähr eine Sekunde

Zeiteinheit ungefähr eine Minute

Kara kam das alles unheimlich vor. Chief Ska Drax klang so sicher. Entschieden trat sie einen Schritt vor.
»Sie irren sich«, sagte sie. »Mein Vater hat früher für die Leitung gearbeitet. Aber jetzt ist er frei und arbeitet gegen Ihr System.«
Drax ignorierte sie.
»Es tut mir so Leid«, sagte Teos. Ihre Stimme troff von falschem Mitgefühl, das Kara wütend machte. »Ich weiß, dass ihr das glauben wollt, aber es stimmt nicht. Euer Vater leitet die ganze Operation.«
»Sie lügen«, sagte Neem gelassen.
Drax ließ sie seine ganze Verachtung spüren. »Bitte sehr, dann beweise ich es euch«, sagte er. »Euer Vater nimmt gerade an einer Konferenz der Leitung teil.«
»Was?«, rief Kara aus.
Als Antwort zog Drax seinen Handschuh aus und zeigte auf seinen Armcomp. »Schaut genau hin«, sagte er.
Kara warf Neem einen zweifelnden Blick zu. Sie traten ein paar Schritte vor, bis sie den Bildschirm des Armcomps sehen konnten.
Drax gab eine Zahlenkombination ein. Langsam baute sich ein Bild von Kit Anders auf.
Kara spürte, wie ihr die Tränen in die Augen stiegen. Es war weniger als ein Zeitband her, dass sie ihren Vater gesehen hatte, doch es kam ihr vor wie eine Ewigkeit.

Das Gesicht auf dem Bildschirm wirkte ernst. Als Kit Anders redete, klang seine Stimme förmlich.

»Eidesstattliche Erklärung vor dem Systemkomitee S34/E«, fing er an. »In Bezug auf die Propaganda, die von Sigmas vor kurzem in der Stadt verbreitet wurde, und das Giftgas, das in die Atemluft gemischt wurde, forderten hoch gestellte Mitglieder des Systems in CentralCity eine ausführliche Stellungnahme. Eine Versammlung von Vertretern der CodeCitys ist einberufen worden, um das Vertrauen der Bürger wieder herzustellen und vorbeugende Maßnahmen zu besprechen, um eine Wiederholung der Sabotage zu verhindern. Ich bin beauftragt, CityFünf zu vertreten und sämtliche Informationen an CentralCity weiterzuleiten. Ich beantrage –«

Seine Stimme wurde abgeschnitten, als Drax die Übertragung abschaltete.

Kara sah den Triumph in Drax' Augen. »Kit Anders ist nicht nur ein Mitglied der Systemleitung«, sagte er. »Er ist auch einer der Vertreter von CityFünf. In weniger als einem Zeitband wird dein Vater diese hirnlose Rebellion unterbunden haben.«

Kara starrte immer noch auf den Armcomp, obwohl Chief Ska Drax ihn schon längst abgestellt hatte. »Das ist eine Lüge«, sagte sie.

»Lassen Sie mich das ganz anschauen!«, forderte Neem.

Er stürzte sich auf Drax' Armcomp. Der Chief fing Neem mit der anderen Hand ab, während Teos den LD-7 auf ihn richtete.

Jak packte ihn am Arm. »Neem – hör auf damit. Das führt zu nichts.«

»Sie haben das gefälscht«, sagte Neem wütend. »So was würde mein Vater nie sagen.«
»Ihr verschwendet meine kostbare Zeit«, sagte Drax gelassen und zog seinen Handschuh wieder an. »Ich will eine Entscheidung. Nehmt ihr Vernunft an oder müssen wir euch unschädlich machen?«
»Das Ganze ist so dumm – wir wollen diesen beiden jungen Menschen bloß helfen«, fügte Teos hinzu.
Für einen Moment sagte niemand etwas.
»Wir haben Ihnen nichts mehr zu sagen«, ließ Jak Drax wissen. »Wir setzen uns für das ein, wovon wir überzeugt sind.«
»Das werden Sie noch bereuen«, sagte Drax. »Das werden Sie eine Zeitewigkeit bereuen.« Dann sprach er in seinen Visiercomp. »Eliminieren Sie alle Beteiligten. Dann suchen und sichern Sie sämtliche Akten und technischen Geräte.« Er wandte sich um und ging auf den Torbogen zu. Teos folgte ihm, drehte den Draußenseitern aber nicht den Rücken zu; sie hatte ihr LD-7 immer noch auf die Draußenseiter gerichtet. Da hörte Kara das schrille Kreischen der beiden Flieger; sie näherten sich dem Hof im Steilflug. Jak packte Kara an der Schulter und gab ihr einen Schubs. »Nichts wie weg!«

Auszug aus dem zweiten Band
»Ein ungleicher Kampf« (RTB 58163) von Luc Roth